宿命

大陸微型小說女作家精品選

凌鼎年・編

代序　大陸，有一支微型小說女作家隊伍

凌鼎年

在大陸的微型小說作家中，我除了堅持創作外，還做一些微型小說的資料收集與研究，撰寫過若干篇關於微型小說的論文，以促進海內外微型小說的雙向交流。

我比較關注微型小說作家隊伍的成長、發展，可能因為我在涉外部門工作，接觸、瞭解的海外作家相對多些，我會自覺不自覺地做些比較。記得一九九九年時，我撰寫了一篇〈海峽兩岸的微型小說女作家〉，根據我對臺灣極短篇小說女作家與作品的瞭解，與大陸的微型小說女作家與作品進行了一番比較。我把我當時所知道的大陸微型小說女作家女作者，哪怕連只發表過一兩篇的也算上了，也沒超過四十位，真正較為活躍，發表作品多點的僅周仁聰、湯紅玲、徐慧芬、馬月霞、徐平、郭昕、高虹、張子影、何蔚萍、劉春瑩、申永霞、李進、謝惠蓮等不多幾個，這與臺灣極短篇小說作家以女性作家為主形成鮮明對照。中國文壇一直在驚呼：陰盛陽

衰，但在微型小說文壇卻絕無一點此種現象，令人百思不得其解。照理，微型小說這種短小精悍的文體似乎應該更適合女性寫作才對呀，看來有些事用常規思維理解難以解釋。

進入二十一世紀，大陸微型小說文壇的變化之一就是女性作家的迅速增多與崛起。我平時有個習慣，看到微型小說作家的通訊地址就隨手記下來，已積了上千個地址了，如果是女作者，我會特意注明，如果是中國作協會員或省級作協會員，我也會用☆或△來註明。前幾年，就這麼幾個女作家我隨口就能報上名來，這幾年多了，我就單獨做了卡片，竟也積了一百多位，儘管裏面有一部分是偶然發表一兩篇，並沒有全身心投入到微型小說創作中去，但一個不爭的事實是，與上世紀九十年代時相比，微型小說文壇男性作家一統天下的格局已發生了微妙的變化，可以這樣說：大陸微型小說女作家群已在迅速崛起、發展，形成了一支頗有實力的創作隊伍。

雖然微型小說女作家多了，但微型小說女作家出過書的依然與男性作家不成比例。據我知道：最早出版微型小說集子的女作家是四川的周仁聰，出書年齡最小的是江蘇的梁慧玲，當時她還在太倉師範讀書，即便到二〇〇四年，我選編《微型小說十才女作品選》時，微型小說女作家中出過書的也只有湯紅玲、徐慧芬、陳毓、張可、劉柳等，還有夏雪勤的微型小說集子正在出版中，其他的還真沒聽說過。

如果看一看臺灣文壇，出版過極短篇集子的女作家就有鍾玲、愛亞、羅英、袁瓊瓊、喻麗清等，不是一個兩個，而且有的還出版過多本，有感於此，我決心主編一本微型小說女作家的作品選，在確定人選時，我頗費躊躇。我想一要作品過硬，二要有點代表性。我第一個想到的是周仁聰，因為我挺看好她的微型小說創作，我認為她從農村來到城市後，一時難以融入城市的主流社會，成了城市的邊緣人，當她用這種視角觀照城市與鄉村生活，她的作品也就與純粹城市女性作家不同了，往往有了更切身體會的感受和與眾不同的題材。我還專門寫過評論發表在《四川日報》上。可惜自她結婚後，就從微型小說文壇退隱了，我聯繫了幾次也沒聯繫上，大概又跳槽了，只好作罷。她的復出，是近幾年的事。

後來，我確定了袁雅琴、劉黎瑩、王雷琰、夏雪勤等幾位讀者比較熟悉的微型小說女作家，她們的作者簡介、照片也上過多本微型小說、小小說刊物，入選不會有異議。還有胡麗端是畢業於北大的研究生，是個標準才女，她別具一格的歷史微型小說有不少讀者是很偏愛的。西蕾寧的進入這套書，緣於一次意外的發現，我因主編選本，讀到了她的作品，作品一上手就掂出了她的分量，就她目前的文學修養與創作實力、靈氣，國內的微型小說作家很少能與她相比的，她們崛起、竄紅，我相信只是時間問題。因此，我當機立斷給她發了信，不知為什麼，竟無回音，我想想實在不捨得這樣一位有潛質的作者擦肩而過，所以，我又發了第二封信，這次她回音了，說是僅收到過一封信，該死的郵局，差一點造成誤會。

在前面已提到，梁慧玲是出版過微型小說集子的，但自從她分配到昆山實驗小學後，不知為什麼中斷了創作。也是機緣巧合吧，二〇〇四年我去昆山參觀昆侖堂美術館時，意外地碰到了梁慧玲的一位朋友，她告訴了我梁慧玲的近況，我說起我正在編這本書，叫她轉告梁慧玲，有稿子寄來。沒想到這一次參觀，促成了梁慧玲的重新拿起筆，歸隊於小說創作陣營。

這十位女作家有專業作家，有國家公務員，有大學工作的，有圖書館工作的，有文化館工作的，有編輯部工作的，有企業的高級白領，有北京的「京漂一族」，有自由撰稿人，十位微型小說女作家來自十個省市，真正體現了五湖四海，也反映了微型小說作家隊伍的分佈之廣。而且這十位女作家的職業各不相同，這與男性微型小說作家主要集中在國家公務員、教師與編輯崗位這三大行業又有所不同，有興趣專題研究的，讀了這十位女作家的作品，比較研究後，說不定會有更多的發現與心得呢。為了便於讀者瞭解，閱讀這十位才女的微型小說作品，我還為每一位作家的作品都作了評論，評論是否褒貶得當，是否到位，本想在選本出版後請讀者諸君批評指正。沒有想到這書稿寄到北京後，開始說準備出版，後來沒有了音信，一追問，才知出版公司搬家，把書稿搬沒了。我是二〇〇五年學會電腦的，這之前編的書稿沒有電子版，就此心血白費。但弄丟書稿的是我朋友，總不能為此翻臉吧，只好我自己向入選作家賠禮道歉，雖然十位女作家都十分體諒我，沒有任何怨言，但我心裏總覺欠了她們一筆債，一直想還這個情。也是緣分吧，這次我向臺灣秀威出版公司報了選題後，很快得到答覆，我立馬雷厲風行地開展了組稿。

從二〇〇四年到現在，一晃八年了，這八年，大陸的微型小說文壇的格局發生了很大的變化，微型小說作家隊伍也發生了很大的變化，有些曾經在微型小說文壇很火很紅的擱筆了，有的轉行了，有的出國了，有的仙逝了，當然，也有原本默默無聞、名不見經傳的，迅速躥紅，成為風雲人物。再說微型小說女作家、女作者隊伍，其可喜現象之一，就如「千樹萬樹梨花開」，女性作家不再是鳳毛麟角，可以說比比皆是，其中不乏優秀者，有潛質者。我編這兩本《大陸微型小說女作家精品選》時，選擇的餘地比八年前大多了。當然，我首先考慮那十位女作家，但有個別的轉身到中長篇小說領域發展了，我祝賀她，有的調動工作後，地址、手機都變了，一時聯繫不上，只好作罷。

目前，入選的女作家共有三十九位，有中國作家協會會員，有省級作家協會會員，也有幾位市級作家協會會員，都發表過不少微型小說作品，基本上都出版過自己的微型小說集子，有的還出版過多本，收入到各種微型小說、小小說選本中的就更多了，應該講這三十九位入選者都是目前大陸微型小說文壇比較活躍，或者說潛力比較大的女性作家。像陳力嬌、劉黎瑩屬專業作家，像徐慧芬、夏雪勤、史雁飛、陳毓屬成名作家，像丁立梅、雅蘭等是頗受讀者與媒體青睞的作家，像酉蕾寧、梁慧玲是後勁十足的作家，像紅酒、聶蘭鋒、安石榴、非花非霧都是實力作家，像藍月、遠山、立夏、劉天遙係新銳作家，像林美蘭、趙麗萍是我十幾年前小小說高級函授班的學生，像孫青瑜、張可、劉柳、沈茶屬「文二代」——孫青瑜是孫方友的女兒、張可是張記書的女兒、劉柳是劉國芳的女兒、沈茶是沈祖連的女兒，其父親都是當今大陸微型小說文壇響噹噹的重量級人物，能否青出於藍而勝於藍，那要看她們的努力了，我是看著她們步上文壇的，她們的起點要比父輩高，我對她們寄予厚望。

當然，目前大陸微型小說女作家少說有一二百位，進入我視野、叫得出名字的就有郭昕、高虹、珠晶、非魚、閆岩、潘格、卓凡、谷凡、申劍、何曉、闞宏、憶慈、冰雲、涓涓、匹匹、純蘆、閉月、冷月、平萍、金卉、彤子、楊凡、孫蕙、袁雅琴、袁省梅、馬月霞、申永霞、袁桂花、史春花、湯紅玲、田雙玲、張玉玲、熊延玲、和蓮芬、甘桂芬、沈會芬、楊琳芳、朱雅娟、劉紹英、於小漁、宋子平、常聰慧、龐穎潔、田湘鈞、姚淑青、劉春瑩、汪靜玉、樊碧貞、白雲朵、天空的天、百合紫等，還有像一度曾經在微型小說文壇很紅很火的徐平、路也、何蔚萍，以及客串寫微型小說的葉傾城、莫小米等，隊伍已很壯觀。

大陸的微型小說女作家作品是第一次在臺灣亮相，希望臺灣的讀者喜歡，藉此也多少能瞭解點大陸女性微型小說作家的心態與精神追求。我這兩本《大陸微型小說女作家精品選》，顯然無法囊括所有有成績的微型小說女作家，割愛與遺漏也就不可避免，如果這選本在臺灣受到讀者的好評與歡迎，我還會再繼續選編，我的願望，就是儘量把大陸優秀的微型小說作家與作品介紹給臺灣的讀者。

二〇一二年十月十三日
於江蘇太倉先飛齋

內容

陳力嬌

作者簡介

陳力嬌，黑龍江人，曾就讀於魯迅文學院和上海復旦大學作家班。黑龍江省蕭紅文學院簽約作家、黑龍江省作家協會全委、中國作家協會會員。

在《小說選刊》、《小說月報》、《北京文學》等文學報刊發表作品三百餘萬字。已出版長篇小說《草本愛情》，中短篇小說集《青花瓷碗》、《非常鄰里》、《平民百姓》，小小說集《贏你一生》、《爸爸，我是卡拉》、《不朽的情人》等。作品多次獲獎，多次選入各種版本或被選刊轉載，部分作品國外發表。

其中〈一位普通母親與大學生兒子的對話〉獲二〇〇五年「全國讀者最喜愛的微型小說獎」；二〇〇八年獲「中國新世紀小小說風雲人物榜•新三十六星座獎」；小小說〈敗將〉榮獲第十二屆小小說優秀作品獎；二〇一一年榮獲「第五屆小小說金麻雀獎」。

獵犬黑豹

獵犬黑豹已經三天沒有吃東西了，科考隊員小吳守候在牠身旁。南極的風太凜冽了，無情地撕破了小吳的睡袋，刮走了小吳為黑豹療傷的藥品和繃帶，也把獵犬黑豹的縷縷絨毛掠向了天空。

黑豹是為救護小吳受傷的，那天他們一行七人從二號營地到三號營地，途中意外地遇上了冰壁滑落。冰體山呼海嘯來臨時只有小吳在一座雪坡上，他是去瞭望一處平坦避風的場所，為科考隊小齊尋找一塊迎接女紅來臨的地方。小齊是科考隊唯一的女同志，曾經是紅極一時的登山運動員，她退役後就一心投入了對南極的考察。

黑豹本是該跟小吳去的，牠平時和小吳形影不離。但牠遲疑了，牠敏銳地感覺到了什麼。科考隊員們看到，黑豹在原地打轉，就好像自己在找自己的尾巴，就在這時人們聽到一聲脆響，一道冰浪自天而降，黑豹像一枝黑箭一樣射向了小吳。

九死一生的小吳被黑豹救了，黑豹卻脫落了兩顆牙齒，折斷了一條後腿。小吳告訴大家，冰浪把他掀倒那會兒，他落到了雪坡的另一頭，如不是黑豹及時咬住他的衣服，並把自己的一條腿插在冰隙裏，小吳必死無疑。

大家都震驚了，聰明的黑豹是依靠冰隙固定住自己，才使自己的力量能與冰浪抗衡。

黑豹為此付出了代價，傷口感染讓牠持續三天高燒不退。

科考隊停止了前進，不是為黑豹的負傷，而是黑豹的壯舉讓他們發現了橫亙在前方更大的敵人，那就是冰隙。

冰隙在南極是他們最大的天敵。冰隙有大有小，大的深則一千多米，淺的也有幾百米，它們像隱藏在冰面上的稻草，一般情況下不易察覺。而等人或車不慎掉下去，它們就會像一張鱷魚的嘴迅速合攏。黑豹救小吳遇到的是小冰隙，也是黑豹聰明，牠撲在了雪地上，不然那冰隙的嘴對黑豹也一樣不客氣。

第四天早上，黑豹吃了一點食物，是小吳哭了牠才吃的。小吳說：「黑豹你吃一點吧，我要走了，不能陪你了，我們要去尋找隕石，你不吃東西哪來力氣跟我們走啊。」

一直昏睡的黑豹在朦朧中睜開了眼睛，牠聽明白了小吳的話，就勉強吃下小吳塞在牠嘴裏的餅乾。黑豹吃了點東西彷彿有了一點力氣，牠深情地把頭埋進了小吳的懷裏。小吳感覺到牠不像前幾日那麼熱了，可是好了點的黑豹依舊有氣無力。

小齊來叫小吳。

小齊說：「隊長說了，一會兒就出發。隊長說，我們就是一寸一寸排除冰隙，也要在明天早晨到達三號營地。」

小吳一聽忙問：「那黑豹呢？黑豹這個樣子怎麼能走得動？」

小齊說：「隊長就是讓我告訴你，放棄黑豹。」

黑豹似乎聽懂了小齊的話，牠一下從小吳的懷裏抬起頭來，牠試著想站起來，可是牠太虛弱了，幾次牠的腿都沒聽牠的使喚。

小吳滿腹怒氣，他在打點行裝，他無論如何也要把黑豹帶上。

隊伍集合了，一行七人整裝待發。

隊長勝彼來到小吳面前，他拍拍小吳的背包，說：「怎麼著，把睡袋換成黑豹了，以後的日子你就睡黑豹嗎？」

隊員們哄的一下笑了。

小吳沒笑，他嘟著嘴，說：「反正我活著，黑豹就得活著。」

隊長勝彼臉色一變，說：「我以隊長的名譽命令你，放下黑豹，保存體力，尋找隕石，準備出發！」

面對命令小吳沒輒了，他從背上解下黑豹，像放孩子一樣把黑豹放在了冰地上，又不放心，就把自己的一件紅色羊絨衫給牠鋪上，然後留下了足夠黑豹吃的食物。

隊伍離開了，黑豹起初是想站起來跟著走，可當牠發現牠的想法不能成功時，牠流下了眼淚。小吳回頭的當兒，黑豹的淚水剛好流過牠細細的絨毛，像豆粒一樣滾了下來。

小吳向黑豹奔去，三十歲的大男人抱著一隻狗失聲痛哭，科考隊員都停了下來，都在看著這對生死之交。隊長勝彼沒有催促小吳，這條硬漢子此時能做的就是給小吳和黑豹一點告別的時間。

這時包括勝彼在內，所有的隊員都看到，和小吳像兄弟一樣抱作一團的黑豹，似乎使出吃奶的力氣，奇蹟般地站了起來。隊員們都鬆了口氣，以為生死離別讓這頭獵犬產生了不同尋常的力量。

可是，大大出乎隊員們的意料，黑豹站起身後，看都沒看他們一眼，就一蹦一蹦向相反的方向而去，牠走得趔趔趄趄，卻沒有回頭。

隊長勝彼率先離開，隊員們也跟著離開。

又一天的早晨來臨了，南極出現了少有的好天氣。就在隊員們經過艱難險阻快到三號營地時，小齊突然高喊：「你們看，黑豹！」隊員們向著小齊手指的方向看去，看到三號營地的雪坡上，高高站立著赫然醒目的黑豹，牠的嘴裏銜著一抹紅，耀眼的紅色火焰一般燃燒在南極潔白如玉的背景之上。

勝彼落淚了，隊員們落淚了，只有小吳像傻了一般笑著，他說：「黑豹，哥們兒，沒忘了帶著我的羊絨衫呢。」

敗將

辦公室裏，他們相愛了。確切地說，是她愛他，而他不愛她。

在找情人的問題上，有經驗的男人從不找身旁的女人，也就是說，從不找辦公室裏的女人。一旦找了，麻煩就來了，幾乎是一眨眼的功夫，情形全變了。起初，可能男人還占上風，但一旦木已成舟就沒主動權了，就什麼都得聽你找的女人的了。

女人天生攬權，這源於母愛。只要是她生的，她有權力維護和統治。但是情人不是她生的，按說應該自由，可那也不行，因為雖沒有生過他，但也曾在她身體中存留過，女人對就範於自己身體的人，從來不放過。

她來他辦公室是他邀請的，本來她在另一個單位做企劃工作，但是那天他找到她，同她說：「去我那兒幹吧，我開展一項新業務，急需你這樣的人才，我給你最好的待遇、最高的工資、最美的人格。」

若是一般人說出這話，她不會動心，要知道她也是過濾過無數男人的女人，大多數異性她都不放在眼裏，可是眼前這一個不同，是她一抬眼就攝魂的。

她考慮答應不答應的當兒，他溫暖的大手已經等不及了，牢牢地抓住了她的雙臂，她感覺他在用力，感覺自己在他火熱的急切中柔軟得要化了。

男女之情大約都是這一瞬間產生的，無疑她來到他的身邊工作了。在一起的日子非常幸福，是她一生都不能忘懷的。他們每天早來晚走，廢寢忘食地工作，累了互相鼓勵，餓了他請她去高級酒店，席間，他還能針對她的情感需要進行心理撩撥。那段時間，她真是在他的調情中醉了。

終於，她有了不能自已的時候。那天工作中，她注視著他有些走神，他在她眼裏忽然變成天下最漂亮最難獲得的男人，結果她想都沒想，走過去吻了他。

他對她的做法先是一愣，接著面色大變，推開她，說：「你這是幹什麼？這哪像單位！」這之後一連幾天，他的臉均不見笑意，當然也沒上高級飯店。

她對他的舉動大吃一驚，她沒想到他會這樣，一個月以來他在她面前扮演的可都是想吃她豆腐的角色，現在倒破茶盤端了起來。為此，她心中生出許多羞澀和憎恨，被耍與失挫交替著，讓她後悔當初。當初，也是被他的溫情蒙蔽，不然她不會不惜一切。

她是個不肯吃虧的女人，可以說，她的人生從沒有失敗過。她在哪跌倒都是在哪爬起來，哪怕抓到一根稻草，她也會試試自己的能力。偏巧這天他又招募來一位女博士，他一下轉移了視線，原來那些調情的手段重又佈控在女博士身上。

她明白其中味道，心中不由怒火燃燒。

這天他們迎接檢查，上方老總一年才深入基層一次，公司對此十分重視。

他派她去做接待工作，主要是陪同老總介紹他的新項目和新項目上馬後的種種好處。她就是在這時心生一計——整垮他。她想毀了他的項目，讓他哭著來求她。做這些她不是新手，她有把握能做到。

她果真穿戴別致地去見老總了。老總是個近六十歲的老頭兒，對她很賞識。她鞍前馬後地照顧，妙語連珠，不失才華，惹得老總都不聽彙報了，眼睛直盯著她。老總一高興，決定晚上在公司賓館留宿。

這對她是天賜良機，一切按她的思路穩步前行。

晚上老總約她去了，其實不約她也會去，她對這一點把戲簡直如數家珍。老總很喜歡她，當即贈她一枚鑽石戒指，價格不菲。

她撒嬌地還給了老總，她說：「人家是事業型女人，對飾品不感興趣。」

老總說：「那你對什麼感興趣？」

見她含羞不語，老總就把她攬在懷裏。

這當兒，她恰到好處地說出：「憑我的能力，我完全可以撐起我們的公司。」

老總的欲火這時迅速上揚，他說：「這些都是小事。」就同她進入了實質。

對她來說只要進入實質，天下就是她的了。那個他憎恨的人，她讓他怎麼狼狽他就怎麼狼狽。

老總的床上功夫出乎她意料，六十歲的人依舊雄風不減，只是尾聲以後，老總和她並排躺在床上，撫摸她汗水肆意的臉說了句：「我還行吧，這輩子這種事都讓我做了。我太能了，必有不能的；父太能了，子必然不能。」

她不明白老總是什麼意思。

老總就又加了一句：「我的兒子，他睪丸受過傷，對這事沒多少興趣了。」

老總說完這些話，眼望著屋頂，一臉的惆悵。

而她卻無心聽老總嘮叨家事，她想著她的目的，她付出了代價，不可能不讓自己的計畫快些實施。於是，她又一次和老總撒嬌，說：「那人家什麼時候能上任呢？」

老總聽了她的話愣了一下，但很快恢復了平靜。老總是一個從不虧欠女人承諾的人，多年來他總結出經驗，欠誰都不能欠女人的，那樣太麻煩。這個久經沙場的人，正是在這大徹大悟中，踏女人如履平地。

老總摸起身旁的手機。電話撥通後，老總說：「兒子，爸又欠債了，這債還得你來還，從你的公司退出來吧，讓給我床上這個女人，能做到吧？」

老總說到這，沒等兒子回答，平靜地把手機關了。

驚得翻身坐起的她，這時看到，老總的臉上淚水如洗。

26

宿命

丁立梅

作者簡介

丁立梅，筆名梅子，江蘇東臺人，中國作家協會會員。喜歡用音樂煮文字，職業是教師。

出版有作品集《塵世裏的初相見》、《詩經裏的那些情事》、《瓶子裏的春天》等十多部。文章被選進《收穫靈感與感動》等上百種文集。有文章入選新加坡中學華文課本，以及全國中等職業學校通用《語文》教材。

放風箏

女人想放風箏。

三月天，陽光溫暖得像一朵朵花。南來的風，漸漸變得柔軟起來溫情起來，撫摸著每一個路過的人，撫得人的骨頭都發了酥。女人的心裏，生出一根綿長的藤蔓來，向著風裏長啊長。這樣的風，多適合放風箏啊。

這是打小就有的願望，要在三月的風裏，盡情地放一回風箏。女人的父親去世得早，母親又多病，她是家裏的長女，早早便承擔起養家的責任。女人清楚地記得，那個時候，也是三月天，桃花一枝一枝的，在人家屋前綻放。風輕輕拍打著村莊。弟弟妹妹們拿了破牛皮紙，糊在竹片上，製作成簡易的風箏，在田埂邊放飛，快樂的叫聲震天震地。女人也只是遠遠望一眼，羊還在等著吃草，母親的藥還在等著煎，她哪裏有那份閒空和閒情呢？

也終於等到弟弟妹妹們長大，女人這才卸下肩上的擔子。這個時候，女人早到了出嫁年齡，收拾一番，她把自己嫁了。家也不富裕，男人常年在外打工，女人守著家，操持著家務和農活。曾經放風箏的願望，已是隔著山隔著水的，摸也摸不著。

後來，女兒出生了，女人的全部心思，都放到了女兒身上。女兒是幸運的，每年三月，男人都會給女兒買一隻風箏回來。女人看風箏的眼睛，不自覺地就會汪上一汪水。

「多漂亮的風箏啊，像花蝴蝶呢！」女人在心裏歎，忍不住伸出手來，摸了又摸。

男人根本沒留意女人的眼光，男人說：「我陪孩子放風箏去啦，你把我包裹的髒衣服洗一下。」

男人每次回家，都要拎回一大包髒衣服，由女人洗乾淨了，他再帶出去穿。女人縮回手，答應一聲，拿了澡盆，泡上髒衣服，開始埋頭洗，心卻是不安的。直到她抬頭看見女兒在田埂邊拍手跳，看見「花蝴蝶」飛上天了，越飛越高，越飛越高，女兒和男人跟著花蝴蝶在奔跑，女人這才笑了。女人癡癡看一會兒，復埋下頭，一心一意洗衣服。女兒和男人的快樂，就是她的快樂。

女兒大了，念完大學，留在城裏，有了自己的天地。男人也不再外出打工了，在家裏幫女人種種地，養些雞鴨鵝的。家裏雖仍不富裕，但吃穿不愁。女人突然鬆懈下來，在大把的時間裏發呆，曾經以為湮滅掉的願望，開始在心裏泛著泡泡兒，讓她不得安神。她對男人說：「我想放風箏。」

「放風箏？」男人笑了，以為女人在開玩笑。都五十來歲的人了，怎麼想玩孩子們玩的玩意兒？這不讓人笑話麼！

男人就說：「好端端的，放什麼風箏呢。」

女人執拗地說：「我就是想放風箏。」

男人看看女人，再看看女人，女人的神情，從未有過的認真。男人心裏「咯噔」了一下，男人依稀記起以前女人看風箏的樣子，戀戀的。是他疏忽了，女人原是如此喜歡風箏。

男人真的去買了一隻風箏，花花綠綠的，像漂亮的花蝴蝶。女人摸著「花蝴蝶」，眼睛裏汪上一汪水。三月的風裏，「花蝴蝶」飛上天，女人的心，跟著飛啊飛。

「能這麼放一回風箏，這輩子沒白活。」女人扯著風箏的線，幸福地想。

遠遠近近的人，都停下來看。他們不看風箏，看放風箏的女人。四野安靜，頭上已霜花點點的女人，是多美的一道風景啊。

蘿蔔花

蘿蔔花是一個女人雕的，用料是胡蘿蔔，她把它雕成一朵一朵月季的模樣。花盛開，很喜人。

女人在小城的一條小巷子裏擺攤，賣小炒。一個小氣罐，一張簡單的平桌子，木板做的，用來擺放鍋碗盤碟，她的攤子就擺開了。她賣的小炒只三樣：土豆絲炒牛肉，或炒雞肉，或炒豬肉。

女人三十歲左右，瘦，皮膚白皙。長頭髮用髮夾別在腦後。惹眼的是她的衣著，整天沾著油鍋的，應該很油膩才是，卻不。她的衣服極乾淨，外面罩著白衣。衣領那兒，露出裏面的一點紅，是紅毛衣，或紅圍巾的紅。過一會兒，圍裙有些髒了，袖套有些髒了，她就換下來——她每天備著好幾套。

很讓人驚奇且喜歡的是，她每賣一份小炒，必在裝給你的碗裏，放上一朵她雕刻的蘿蔔花。「這樣才好看。」她說。

不知是因為女人的乾淨，還是她的蘿蔔花，女人的攤前總圍滿人。五塊錢一份小炒，大家都很耐心地等待著。女人不停地翻鏟，然後裝盤，而後放上一朵蘿蔔花。於是，一朵一朵的蘿蔔花，就開到了人家的飯桌上。

我也去買女人的小炒。去的次數多了，漸漸知道了她的故事。

女人原先有個殷實的家。男人是搞建築的，但不幸從尚未完工的高樓上摔下來，女人傾盡所有，才搶回男人的半條命。

接下來怎麼過日子？年幼的孩子，癱瘓的男人，女人得一肩扛一個。她考慮了許久，決心擺攤賣小炒。有人勸她：「街上那麼多家飯店，你賣小炒能賣得出去嗎？」女人想，也是，總得弄點和別人不一樣的東西。於是她想到了雕刻蘿蔔花。當她靜靜坐在桌旁雕著時，漸漸被自己手上的美好鎮住了，一根再普通不過的胡蘿蔔，在眨眼之間，竟能開出一小朵一小朵的花來。女人的心，一下子充滿期待和嚮往。

就這樣，女人的小炒攤子擺開了，並且很快成為小城的一道風景。下班了趕不上做菜的人，都會相互招呼一聲：「去買一份蘿蔔花吧。」就都晃到女人的攤前來了。

一次，我開玩笑地問女人：「攢多少錢了？」女人笑而不答。一小朵一小朵的蘿蔔花，很認真地開在她的手邊。

不多久，女人盤下一家酒店，她負責配菜，癱瘓的男人被接到店裏管賬。女人依然衣著乾淨，在所有的菜肴裏，依然喜歡放上一朵她雕刻的蘿蔔花。「菜不但是吃的，也是用來看的呢。」她說。眼睛亮著。一旁的男人，氣色也好，沒有頹廢的樣子。

女人的酒店，慢慢地出了名。大家提起蘿蔔花，都知道。生活，也許避免不了苦難，卻從來不會拒絕一朵蘿蔔花的盛開。

陳毓

作者簡介

做過公務員、電視編導、期刊編輯，現居西安。中國作家協會會員、陝西文學院簽約作家。

在《小說選刊》、《啄木鳥》、《芒種》、《小說月刊》、《短篇小說》、《青年文學》等數十種刊物上發表文學作品百萬字，出版有小小說集《藍瓷花瓶》、《誰聽見蝴蝶的歌唱》、《美人跡》、《夜的黑》、《嘿，我要敲你門了》多部作品。獲首屆小小說金麻雀獎，多次獲《小小說選刊》優秀作品獎。〈伊人寂寞〉登上二〇〇六年度中國小說排行榜。小小說集《誰聽見蝴蝶的歌唱》被中國現代文學館收藏。

伊人寂寞

是那場突然降臨的死亡出賣了她。

災難降臨之前，她是個不久就要當媽媽的女人。那時她的妊娠反應已經過去，對食物的熱愛又回到她心裏，睡眠也回到她的眼睛裏，她的精神很好，看上去健康而強健，有旺盛的精力。生活很好，即使她的肚子高高地隆起來了，腰身的粗壯使她原來的衣服不再適合她，但是春天的到來卻使她很容易打扮自己。她穿著寬鬆舒適的孕婦裙，看上去是那樣閒適自在。

是一個週末，她要去郊外鎮上看望一位女友。女友在電話裏不止一次跟她描述小鎮油菜花開的樣子——麥苗兒青青菜花兒黃，那情景她是熟悉的，只是好多年沒看見了。現在，懷孕使她從容起來，那就去看看吧。

她拒絕了丈夫的陪同，她說：「離產期還早呢，沒那麼金貴，一個人去得了。」她心疼上夜班的丈夫，就靠白天的睡眠補精神，她不想叫他缺覺。

丈夫送他出門，隨手理了理她耳邊的頭髮，使她的頭髮更整齊。

他陪她走到巷子口，那裏有一路公共汽車，可以載她去女友所在的小鎮。他看著她上了公共汽車，他們相互揮手道別後，他就回家了。他睡覺。他的頭一挨枕頭就睡著了，一個完整的晚班的確使他疲累。他的睡眠一片黑暗，那裏很少有夢。

他不知道正有什麼在他的睡夢中發生。那輛公車，載著他妻子和將要出生孩子的公車，被一輛迎面的車子撞到了路基下。他的妻子和他未來的孩子就在那一瞬間永遠地棄他而去了。

他在醫院裏看見他們，準確點說，是看見他的妻子，他妻子的身體。

跟他談判的是醫生。醫生說，她死了，在撞車的一瞬就死了，她撞壞了大腦，她沒有痛苦。醫生替他揭開那塊白布，他看見她的臉，她的身子，她的身子和臉都是完好的，區別是她現在看上去僵僵的，沒了血色。他仔細地看她，他看見她的眼睛睜得大大的，那裏沒有恐懼，只有吃驚，像是看見什麼叫她不明白的事情在眼前發生。從前他惹她生氣時，她多半就是那表情，吃驚又無辜地看著他，看得他心軟，把所有的過錯自覺承擔在身上，不管事情的起因怪不怪自己，他都甘心。現在，那樣的目光再次出現在他眼前，他立即就有了承擔什麼的義務了，可這一次，他能承擔什麼呢？

「我們醫院想買你妻子的身體，當然，這得您肯成全。」醫生在說話，在對他說。

等他終於聽明白醫生的話，他的直覺反應就是把自己善於操持鋼鐵的拳頭砸在醫生臉上。但他控制了自己，他雖然活得粗糙，但這並不意味他缺少教養。

「我們很想把您妻子的身體留在這裏，您不知道，這對醫學研究，有多高的價值。」醫生更加小心地尋找字詞，生怕傷害了那做丈夫的情感。

談判是艱難的，一個是剛剛痛失親人的丈夫，一方是對科學秉承嚴謹態度的醫生。

總之，這樁談判最後定下來了。那丈夫終因那筆他不再有力氣拒絕的金錢放棄了他的堅持；而醫生，一個視人體研究如同性命的人得到了那具人體——一個懷孕六個月的年輕女人的健康完整的身體。

據說，那個女人的身體用了世界上最頂尖的技術，栩栩如生地被保存下來。

我是在一個名為「人體奧秘」的展覽裏見到她的。於我，那只是那幾天眾多參觀中的一次參觀，是一個不明就裏就走進去了的一次觀看。講解的先生一再說，一定進去看看，這裏有中國僅此一家的珍藏。講解先生說的「僅此一家的珍藏」指的就是那個懷孕六個月女人的身體，她在這裏有一個名字：「驚鴻」。那是一個很詩意的名字，但在這裏我看不見詩意，也因此懷疑，那不是她的本名。

講解先生說了她的來歷，她現在的身價，那是一個驚人的數字。只因為，她的遭遇的偶然性導致了科學研究價值的珍貴和奇缺。

時光過去了二十年（這也是講解先生說的），她依舊保持著二十年前那一瞬發生時的表情，讓她「永恆」的技術的確高超，她站在那裏的樣子大方周正，大睜的吃驚的眼睛叫她的表情看上去無辜而年輕。她的雙乳飽滿堅挺，鼓蕩著生命力，她四肢和腹部的肌肉紋理結實有韻致，她孕育和護佑她嬰孩的那個地方現在像一面永遠敞開的窗，向遇見她的每一雙眼睛打開她身體裏的秘密——她是一個懷孕六個月的女人，你看她的寶寶多健康，彷彿隨時都會在她的子宮裏伸個懶腰踢一下腿似的。

我回到博物館外，九月海濱的陽光明亮清潤，空氣裏有青草的濃香氣。我使勁搖頭，想搖落那女人看在我記憶裏的目光，可是搖不掉。

我再回頭，看見明亮的陽光使博物館待在黑影裏。

那裏，藏著科學的涼意。

好大雪

說的是扈三娘。《水滸傳》中可數的女人之一。她是個美人，見過她的男人這樣描述她：「別的不打緊，唯有一個女兒最英雄，名喚一丈青扈三娘，使兩口日月雙刀，馬上武藝了得……」

再看這三娘出場：「霧鬢雲鬟嬌女將，鳳頭鞋寶鐙斜踏。黃金堅甲襯紅紗，獅蠻帶柳腰端跨。霜刀把雄兵亂砍，玉腕將猛將生拿。天然美貌海棠花，一丈青當先出馬。」

再看她武功：「馬上相迎，雙刀相對，正如風飄玉屑、雪撒瓊花。宋江看得眼也花了。」

這個英武了得的女人後來的命運卻悖離了她的性格，她混跡在有殺親之仇的莽漢中，甚至當她陷身於一樁滑稽婚姻時，她也啞著，不反抗，連一個冷臉也沒給過誰。讀書人每每讀到這裏，總要心生不平。一夜重讀，恍惚聽見一個聲音在耳邊這樣說——

與梁山即將開戰的陰雲在莊子上空籠罩很久了。男男女女、老老少少的平靜日子被打亂，人像大雨來臨前的一窩螞蟻。唯有父親，看上去還是那樣莊嚴平靜，只有他眉頭偶爾的一挑洩漏內心的秘密：戰爭會是殘酷的，他要對一莊老小的命負責。

梁山上聚集的那群人，在胸懷儒雅的父親眼裏，無疑就是一群強盜。那些外出的莊客道聽塗說來的消息加重父親心裏的反感，作為正經良民，我理解他的情感，他是容不得一個人恃強霸世的。那段日子他請來最好的教練，加強莊子裏的軍事防禦。為了設置暗道，一棵棵高大的白楊被伐倒，它們倒下時我心淒涼。覆巢的喜鵲在空中盤旋，發出尖利憤怒的鳴叫，像是要用尖叫啄破樹下搗亂惡人的腦袋。我的父親憂戚地看鵲，平靜地看我們的臉，沉聲說：「衛國從保家開始，誰讓我們住在土匪的鼻子底下呢。」

聽說梁山上的頭目已經有一百多了，每有一個人物投奔山上，在莊子裏都會被紛紛議論，他們的身世成為我們議論的話題。

我說：「那林沖呢?你說過的，他是不肯同流合污的孤獨英雄。」

父親說：「當然，也就林沖了。」

聽說林沖的名字很久了，知道他叱吒東京的威名，知道他滄州草料場蓋地大雪中無路可走的窘迫，知道他梁山上不見容於王倫的尷尬……冬去春來，他的事被匆匆忙忙、奔走不歇的莊客帶來，又帶到遠方去。我的哥哥，我未來的夫君更像是忠誠的說書人，一遍又一遍地言說，把他的經歷流傳為故事。

「要是能跟他研習槍法，肯定有益。」哥哥說。

「聽說他傲氣得很呢！他不屑的人休想有近他身的機會，遠遠就讓他用槍挑了。」哥哥又說。

「我未來的夫君更是異想天開，他深信林沖的槍要是肯投到天上去，一定能擲中飛翔的大雁。要是我能跟他相遇，我就邀請他去打獵。他應該是喜歡打獵的，打了野豬我幫他燒烤。」他認真地說。

不知怎的，我們誰都無法把他歸於我們的敵人之列，雖然戰爭在即，猶如箭在弦上。而兩軍對壘時，他的臉上會有寒霜一般的殺氣麼？

戰事還算順利，一戰二戰都以三莊的勝利告捷。

梁山第三次攻打祝家莊是在黃昏。

廝殺從黃昏開始直到如刀的一彎月亮斜掛樹梢。馬蹄噠噠，耳邊的廝殺聲漸遠，我發現我已經跑出了彌漫莊子的血腥氣息。那個伏在馬背上倉皇狂奔的黑漢才是我的目標。是的，我要擒拿住他——宋江。我聽見風在我的寶刀上彈奏出錚錚的鳴響。

我的奔馳止歇於百步之外那個人的攔截。我看見他站在月光下，月光照耀魆黑的林地，卻反襯出他的明亮。

數十騎騎兵簇擁著一個壯士——林沖。他立馬橫槍，靜在那裏，如同被雲翳半蔽的月亮，憂鬱卻又光華自現。

山林一時寂靜，連馬也停止了嘶鳴，只聽得見夜鳥的夢囈。我再次聽見風在我的寶刀上彈奏出錚然的鳴響。

刀槍相向，不知誰先迎向誰。最後我看見我的雙刀柔軟如練，幻化成兩道白光，棄我而去。我看見我的腰在他的臂彎裏，我的臉在他的肩頭，在我一生跟他最為貼近的一個瞬間裏，我看清他的瘦削的臉，他深邃的眼睛，我看見他低頭打量我的臉時，他眼睛裏如火把照耀井水的粼粼波光。我聞見他鎧甲上有樹葉的味道。

林沖。

我不知道我命中如墨的黑暗會接踵而來。死了父親，走了哥哥，那個約定要娶我的男人已先自變成塵土，而那個粗蠢的手下敗將卻成了我的夫君。世界恍如一張巨大的滑稽的笑臉。

那是我記憶中最寒冷的一個冬天，我看手中的寶刀，看見眼淚如夏天的白雨點落在刀刃上，濺出藍色的火焰。

「卿本佳人，奈何從賊？」我的寶刀它在說話。

我和我的寶刀相視而笑，我感覺它溫暖的撫慰在我的脖頸上。我聽見風呼嘯而過，我聞見記憶中熟悉的樹葉的味道。林沖站在眼前。

我看見他被嚴霜封凍的瘦削的臉，他眼睛裏灰一般寂滅的哀痛。我聽見他肺腑深處的歎息聲：「一個人連死都不怕，這世上就沒有什麼是不可以忍受的！」

大雪從天而降，落在兩人之間。咫尺天涯，我們是兩棵永遠無法靠近的樹。

梁山上的日子是粗糙，蒼白的，我像那個隱忍的人一樣深懷心思，如獨花寂寞開放。北上南下，急急的征途中，我是他們眼裏那個能征慣戰的「啞美人」扈三娘。我想我總有一天是要死的，假如能死在與他一起的征戰中就是上天的恩寵了。

這一天總算來了，不遲不早，在該來的時候來。

這一天華麗盛大，猶如我的節日。

你看看我的出場你就明白我的心思：「玉雪肌膚，芙蓉模樣，有天然標格。金鎧輝煌鱗甲動，銀滲紅羅抹額。玉手纖纖，雙持寶刀，恁英雄煊赫。眼溜秋波，萬種妖嬈堪摘。」

因為節日，就當以節日對待。讓鮮血開成花朵。

我在飛翔，恍如多年前。我看見我的眼前銀光四濺，在赴死的一瞬。我看見頭頂闊大無邊蔚藍的天空上只有大如花瓣的雪花紛紛而下，攜帶著樹葉的迷人氣息。

好大的雪！我聽見我情不自禁地感歎聲。

一場稀世罕見的大雪消失了世界的界限，萬物的蹤跡，只剩下一片白茫茫，大地真乾淨。

好大的雪！我聽見我的聲音和他的聲音合在一起，不分彼此。

徐慧芬

作者簡介

徐慧芬，上海作家，中國微型小說學會理事，長期致力於微型小說創作。作品發表及轉載於國內外多種報刊雜誌，並被選入《中國新文學大系》、《世界華文微型小說經典》、《微型小說鑑賞辭典》等多種權威性選本。作品被編入中學、大學語文教材，並翻譯成中英文對照本及其他外國文字在國外出版，收入當地學校教材。曾獲「世界華文微型小說大賽獎」、「小說月報百花獎」、「吳承恩文學獎」、「冰心兒童圖書獎」等多種獎項。二〇〇三年起被《讀者》雜誌聘為首批簽約作家。著有《愛的閱讀》、《文玩核桃》、《今生來世》等專集。《文玩核桃》被中國現代文學館收藏。

愛的閱讀

人很難把握生命。一位醫生說：「毛病不斷的人，不見得短命。就像一隻瓷碗，縱然已顯裂紋，但仔細愛護，亦可避免破碎。而一隻好碗，一不當心也會粉身碎骨。」這樣的話應在他和她身上。

相伴走了三十年，一向無甚大病的她倒要走在長病的他之前了。昨天去參加了一個「文革」中與她同囚「牛棚」的一位老先生的追悼會，回來路上竟猝然倒地。

他怎麼都不能接受這個突降的不幸。他跪在她面前，緊握那隻失血的手，一遍又一遍地念叨：「說好的，將來你是先要送我的，你怎麼可以先走了呢！怎麼可以不管我了呢！」

她彷彿聽到了他的聲音，失神的目光亮了一亮，閉著的嘴張開了，發出了耳語般的聲音，好像是說：「對不起啊，對不起啊……」

男子的哭聲，使人心碎，他們的女兒拉開了跪地不起的父親。

喪事之後，他和女兒整理了她的遺物。她的多種愛好讓她收藏了好些東西，有書有畫，還有一大疊集郵本。每一樣東西，都讓他重溫妻的一切：恬靜的笑臉，柔柔的聲音，偶爾也發一點小脾氣，還有那雙為他常年端湯端藥粗糙得一點不像讀書人的手……

他忍不住又一次淚滿衣襟，他摩挲著一摞妻用過的書、筆記本，一頁頁翻著。突然，他覺得手上有些異樣，仔細一看才發現，這本筆記本的內芯，每兩頁的四周都粘上了。

他終於小心翼翼地啟開了粘著的紙邊。出現在眼前的是，幾十張藍色的信紙，每一張上都有著長短句——這是一個男人寫給女人的幾十封情書。詩人正是不久前去世的那位老先生。銀鉤鐵劃，寫活了一場持續了二十多年的靜悄悄的愛！

他像一座雕像般地沉默著，久久。女兒一雙手輕輕地按在父親的肩上。望著滿頭白雪的老父，女兒的手戰慄了，聲音哽噎了：「爸爸，請你原諒媽媽吧，她已經走了，對死者是要寬恕的……」

父親像是睡著了。好一會兒才睜開眼睛，望著女兒緩緩說道：「孩子，應該請求原諒的不是你媽媽，而是你爸爸……」

女兒驚恐又疑惑地說道：「可是，可是媽媽畢竟騙了您這麼多年……」

「孩子，你聽我說。」父親擦去了女兒的眼淚，「不要說『騙』這個字。一天兩天，一年兩年，瞞著，那是騙。二十多年就不能說『騙』字了。這世上有誰肯用二十多年的生命來騙我？這樣的騙，難道不是愛嗎？孩子，我是幸福的，我得到了你母親幾十年的愛，如果她還在，我還會得到很多。可是，遺憾的是，我知曉得太晚了，我沒有能讓你母親得到幸福……」

「爸爸！好爸爸！」女兒悲聲如簫。

文玩核桃

瞧見有些上了年歲的人麼？掌心裏常滾著一隻核桃。核桃質硬，核上有自然孕生出來的紋樣，捏在掌心裏，不停地摩挲著，刺激著掌上的穴位，據說能防老年癡呆。這核桃若經前朝後代人長久把玩，留下了古人的手澤，也可以當文物了。有人癖好收集這種核桃，當古董賞玩，故稱之為「文玩核桃」。

傅三是在四十歲後開始玩上的。祖上留下來一隻核桃，色澤赭裏透紫，泛出幽光，彷彿藏著些什麼，一看就知年代久了。這核桃，個大，紋路深，形狀圓中帶扁，坊間稱「大燈籠」，是收藏人的難得。據家裏長輩說，它曾是貢物，本有一對，是分不清你我的雙胞胎，另一隻在傅三爺爺小時候給弄丟了，實在是可惜了！

因此，傅三的收藏有了目標，就想找到那隻配對的。好些年下來，錢也折騰掉不少，大大小小、成雙配對的也弄到一些。但祖上丟失的那一隻，在哪藏著呢？這成了傅三心頭的癢。

這天傍晚，傅三溜達到新居附近的一片綠地裏，一群人正圍住一白鬚老者。老人八旬模樣，聲氣頗足，邊說笑，邊摩挲手中物。這一瞧，傅三的眼一下子像被電擊中，胸腔裏的那顆心頓時跳得要蹦出來——老者的手中物，正是傅三心頭多年來的念與想！

是傅三一步步地接近，漸漸地，與老人熟了。某一天，傅三備下酒菜，邀老人來家敘談。酒熱話酣時，傅三轉身捧出一隻木匣來，掀開蓋，大大小小的文玩核桃跳在人眼前。傅三說，這是十多年收藏下來的。老人叫了聲好，傅三又轉身進裏屋捧出一隻小錦匣，開了匣蓋，老人的眼也熱了起來，這一隻核桃竟與他手上的一模一樣，紋絲不差！

傅三紅著臉，把心事攤了開來，說願意把這一大匣的核桃換下對方那一隻來。老人不言不語，繼續喝酒吃菜。半晌，才吐出幾句話：「小老弟，聽沒聽說過？古人云，己所不欲勿施於人，君子不奪人所愛呀！我也好這物，照我的心思，也想出個價，把你的這隻歸齊了我，可我沒言語呀！」

傅三的臉一下子紅到耳根！傅三想，這話厲害呀！再細想起來，覺得老先生畢竟做人做得比他有境界呀！靜下來心裏便生出些慚愧來。此後，傅三再沒勇氣提這事了。只是寶物亮了相，傅三偶爾也會把它捧在手上把玩一下，在人面前露露臉。有時呢，與老人聚在一起時，也讓這一雙寶貝暫時在同一雙手裏，拿捏拿捏，把玩把玩，然後再各歸各。

傅三與老人的友誼漸深了。兩家常走動，兩人常聚在一起談古論今。又過了些年，老人已近九秩了，老伴也已去世，一個女兒又在外地，傅三就常常去老人那兒陪著聊聊天，或幫著幹些小活。

某一天，老人病重，躺在床上，對傅三開了口：「小三呀，我怕不行了，死前能否圓我一個願，把你那隻核桃放我這兒，讓我成雙的玩幾天，行不？」

傅三沒想到老人會開這個口，沉吟了一下，心想：「就當他是自己爹吧，臨死的老人，讓他高興一點吧。」於是，趕緊回家把核桃取來，塞到老人手裏。

老人握著核桃臉上露出笑顏，對傅三說：「小三啊，人活不過物，我也沒幾天玩了！」

看著老人油燈將滅的模樣，傅三一陣心酸，忙岔開話題說些寬慰話。

臨終前，老人的女兒趕了回來，大家一陣手忙腳亂。誰知道，老人手裏的這對核桃竟不見了，大家都說沒看見。傅三歎著氣，幫著老人女兒料理完喪事，想起這對核桃，心裏難免發悶，但也只能寬慰自己：權當它是陪了老人去。

過了幾天，老人的女兒找到傅三，端來一隻瓷匣子。匣蓋打開，傅三一下子跌在夢中！匣內竟一溜齊擺著四隻形狀、大小、紋路、色澤，恰似一個模子裏倒出來的「大燈籠」！腦筋轉過彎來，傅三才知道這原來竟是四胞胎呀！這誰能料得到呢！

傅三大叫一聲：「怪哉！」

老人女兒說：「匣裏留著老父的遺書，遵從父命，全留給你的。」

傅三的眼淚汨汨湧滿一臉，把瓷匣捧在胸口好半天。平靜下來，他只拈出兩枚，另兩枚讓老人女兒收著，理由是：「滿易虧。」

劉黎瑩

作者簡介

劉黎瑩，山東省作家協會會員，國家二級專業作家。短篇小說〈啦呱兒〉、〈櫻桃〉曾被《小說月報》選發過。在《小小說選刊》《微型小說選刊》、《山東文學》、《天津文學》等雜誌發表作品近三百萬字。多篇作品被《讀者》、《中外文摘》、《中華文摘》、《傳奇文學選刊》等刊物轉載，有作品被譯介到海外。曾獲第二屆中國小小說金麻雀獎；一九九五—一九九六年《小小說選刊》佳作獎；一九九七—一九九八年《小小說選刊》優秀作品獎；二〇〇八年，個人小說集《無法被風吹走的故事》榮獲「二〇〇八年冰心兒童圖書獎」；二〇一〇年，〈魚和水的故事〉榮獲第八屆全國微型小說一等獎。榮獲首屆東嶽文學一等獎；二〇一一年，〈習慣〉榮獲第九屆全國微型小說二等獎。

魚和水的故事

她和他是一對過了大半輩子的老夫妻了。

她對他瞭如指掌。

平時兩人在家很少說話。他想讓她沏杯茶，他的一個手勢，她就能知道；他要刷牙，想讓她把刷牙的水兌好，不要太熱，也不要太涼。等她把牙缸遞到他手上時，的確不燙不涼。

他對她的心思摸的也很透。她有時只需要說一下哪個女人打扮得漂亮，他就會在發工資的當天，把一件價格不菲的衣服給她買回家。她只要提起做父母的如何不易，他就會默默地跑到岳父家，要麼陪岳父喝一杯，要麼幫老人家幹些重體力的家務活兒。每次幹完活兒回來，他從不向她炫耀。她也從不問他在哪吃的飯，在外邊幹什麼了。

這樣的日子感覺不到浪漫，也感覺不到乏味。

他和她沉浸在這樣的日子裏感到很舒服。

老天像是故意捉弄他們，好好的，他有一天忽然感覺頭脹，腳下發輕。

她說：「去醫院查查吧。」

他說：「不去，打死也不去。去趟醫院，好人也能折騰出病來。」

她知道他是個唯美主義者，他的最高理想就是無病無災，無疾而終。如果在人生的中途身體出了問題，他想隨其自然。他喜歡高品質的生活，如果百病纏身，生不如死，苟延殘喘地活著，是最不明智的人生選擇。

她這大半輩子都是夫唱婦隨。

對他的固執，她不能硬來，她知道他的軟肋。

於是，她把她的想法說給了他。

他沉思半天，終於點頭答應去醫院查體。

從醫院回家，他和她都感覺天塌了，地陷了。

他得了絕症。醫生要他馬上住院，他逃也似的打車回了家。

她說：「明天住院吧。」

他說：「打死也不住院。」

她跑到大街上流了好多好多的眼淚。然後，她很平靜地回到家，又一次把她的那個想法說給他聽。說完，她又加了一句：「這次可不是和你鬧著玩兒的，你掂量著辦吧。」

他破例點了一支煙。他這一生除了那年她生孩子，醫生說是難產時，他吸了一支煙，這是第二次吸煙了。

吸完煙，他又一次點頭答應去住院。

在醫院只能化療，醫生說已不能做手術了。化療的時候很痛苦，一口飯也不想吃。甚至連水都不想喝。每當餵他飯時，他都要把牙咬得緊緊的，就是不張嘴。這時，她就會讓女兒到病房外邊，然後，她就細聲細氣地把自己的想法給他描繪一遍，他就會變得像個孩子一樣的聽話，硬著頭皮吃幾口飯，喝幾口水。

女兒很納悶，問她：「你用的什麼絕招兒？竟讓老爸言聽計從。他連醫生的話都不聽啊。」

她沒有告訴女兒用的是什麼絕招兒，因為，那是她和他之間的秘密，不想再讓第三個人知道。

那天，她給他洗換下來的髒衣服，正洗著眼前一黑，就倒在了水池邊。倒下了，就永遠倒下了。那時候，爐子上的鍋裏正冒著誘人的香味，那是她為他熬的排骨湯。

女兒沒敢把惡噩告訴重病在床的老爸。但女兒眼睛裏流露出的悲傷是瞞不住他的。他長長吁口氣，如釋重負的神情讓女兒百思不得其解。儘管女兒讓所有他以前的親朋好友來勸他吃點東西，但無濟於事。

就在女兒上大學的時候，那年他剛離休在家，心情鬱悶，生過一次病，他不想去醫院。她就把自己的想法說給了他，他沒在意，結果她竟割腕，衛生間裏流了一地的血，幸虧他發現的及時才救下她一條命。後來她告訴他，以後只要他有了病不好好的治，她就走絕路。她說寧可走絕路，也不想一個人孤單地活著。

打那，他知道自己的命不是他一個人的了。

現在，他的命又重新歸自己一人所有了。

他的命一旦歸了他自己，竟如此的不經折騰。也許是他惦記她在那邊一個人過日子太淒涼，竟在她走後的第三天就隨她而去了。

夏日的思念

那天真是巧得很。

我和他在火車上相遇，在同一座城市下車，住在同一個賓館。辦完住宿手續後，我匆匆為公司跑一筆業務，臨近快吃晚飯時才一臉疲憊返回賓館。

他來敲門，約我陪他去看一位女朋友。

我說：「我累得飯都不想吃，哪有心思陪你看女朋友？」

他一動不動地站在那兒。看上去他的歲數不會超過六十歲。

他有些難為情，說：「姑娘，往少裏說我也比你大好幾十歲，我不是個壞人。我坐了一的火車就是想來看她一眼的。怕她老伴誤解，陪我去一趟吧。」

他像個孩子般緊張而又可憐巴巴地望著我，唯恐我拒絕。他一再表白，這一生很少像今天這樣求過人。

走在路上，他一直目不斜視走在我的前頭。

默默行走了好長一段時間，才來到一個路口。問過信兒，站在一幢宿舍樓前，他跑進傳達室，又興奮地跑出來告訴我：「她就住在二單元四樓。」

他簡直是個讓人捉摸不透的怪人。

路上他一直催我快走，可上到二樓時他卻有些猶豫。上到三樓時他的步子亂得一塌糊塗。上到四樓，敲門時他的手抖得像風中的樹葉。如同一塊棉花落在那扇古銅色防盜門上，沒有發出絲毫的響聲。我正要過去幫他敲門，他抖顫的手快速離開那扇門，彷彿那扇門是一大塊燒紅的烙鐵。他拉著我頭也不回地向樓下跑去，一直跑到車水馬龍的大街上才氣喘吁吁地放慢步子。

大概他被我嘲諷的眼神刺痛，竟一迭聲地說：「你不懂，我們畢竟不是一代人啊。」

「你害怕她的老伴？」

「她的老伴三年前就去世了。」

「你為什麼要騙我？」

「不騙你，你會陪我來？陪我走走吧。」

他眼睛一直凝視著前方。

我陪他走了一段路程。前邊是個菜場，他圍著菜場轉了一圈，又轉了一圈。我明白了他的意思，他一定是按她住的位置，知道她每天都要來這裏買菜。怪不得剛才他堅持不坐計程車，非要走著來呢。他是因為這座城市裏彌漫著她的氣息，他是那樣的留戀這座城市的每一條馬路。我佯裝不知，有些事埋藏在心中會變成濃香四溢的美酒，說出來就變成寡淡無味的白水。

天快黑的時候，他站在路邊，使勁兒搖了一下頭，像是要驅趕腦子裏的某種念頭，說：「今晚就走！必須走！不然和她同住一個城市我會發瘋的。」

道過謝，他匆匆離我而去。

我站在陌生的大街上茫然四顧。

一位瘦削的老太太向我走來。

她說：「姑娘，謝謝你陪他來看我。三年前老伴去世時他就來過一回，那時候正是夏天，我家住在一個胡同裏。我從窗戶裏望著他在月光下走來走去，一直走到天明，我就一直在窗戶跟前望到天明。他沒有勇氣敲門，我更沒勇氣開門。」

「為啥要跟自個兒過不去呢？」

她長長歎口氣，答非所問喃喃自語：「這次來看我，他老伴提前打電話告訴過我。你和他在門外的說話聲我都聽到了。」

她似乎看出我滿臉疑惑。

「當年我和他好得就像一個人。為一件雞毛蒜皮的小事嘔氣，輕易分了手。這人哪！大半輩子生活在後悔中的滋味真不好受啊。」

「現在再生活在一起也不遲啊。」

「你哪裏知道？他老伴是位多麼善良的女人啊！」

她的眼裏漫出了一層水霧。

她攥住我的手使勁兒晃了幾下，就頭也不回地走了。

儘管是在炎熱的夏季，但我能感受得到她一雙抖顫的手卻涼得嚇人。看來我們下樓時她就一直跟在後邊。她是想悄悄多看他幾眼啊。

回到賓館，心情久久無法平靜。

雖然我不知道他和她的名字，但我知道此時此刻他和她的心靈都無法安寧，哪怕是片刻的安寧，就連我這個局外人都無法入眠。

活在世上，想讓心靈安寧下來是件多麼不容易的事啊。

周仁聰

作者簡介

周仁聰，中國微型小說學會會員，四川省作家協會會員。現任四川省小小說學會副會長、四川省武侯區作協副主席。

作品散見於《四川文學》、泰國《新中原報》、《小小說選刊》、《天池》等報刊雜誌。其中《青年作家》、《微型小說選刊》、《四川日報》、《百花園》、《小小說作家》、《小小說月刊》、《世界博覽》還為其推出過作品專輯。

多篇作品獲全國大獎並被轉載，並選入各種微型小說選本。其中自傳體小說〈走出槐花灣〉獲全國徵文一等獎，並被美國相關專家翻譯成英文作為奮鬥典範進行研究。在四川人民出版社出版個人小說專集《籬笆牆》，在中國文聯出版社出版第二部小說專集《豔陽天》。

那一團紫

朱月娥終於來到了這座大城市。朱月娥住的地方不在這座大城市的中心，頂多算城市的邊緣。二娃說，要真正進入這座城市的心臟，還得坐上至少一個小時的車。但朱月娥很是滿足，從小到大，她都沒有真正離開過她所待的那個小山村。朱月娥上完高二，相貌出眾的她被村裏的二娃相中，二娃就給朱月娥說：「你如果看得上我，我就帶你出去打工。」

二娃在大都市裏打工都已有好多年了。二娃剪著男明星最流行的髮型，穿著男明星在舞臺上穿的最炫的服裝，直看得朱月娥心跳加快。

朱月娥就義無反顧地瞞著家人和二娃來到了這座大城市。朱月娥這才瞭解到，二娃在離這裏不遠的一個娛樂場所裏當服務生。二娃說，他會慢慢給朱月娥找工作，在沒找到工作以前，就讓朱月娥在家裏好好待著。朱月娥能感覺到，二娃很是喜歡她。

二娃租住的房子是當地農民賠付的房子，一幢樓裏住了若干在這周圍打工的人，樓道裏雖然很髒很亂，但朱月娥依然感覺得很新鮮。她找來掃帚，將門前樓道間都掃了一遍。二娃走的時候對她說，如果無聊了，就到樓頂上去看看，站在樓頂上可以看好遠呢。

朱月娥就從自己所居住的五樓走上了六樓，再穿過六樓的通道走出一道小門。外面就是寬闊的屋頂，上面橫七豎八地晾曬著各種式樣各種花色的衣服褲子裙子胸罩內褲，朱月娥看了看，大多是用塑膠打包帶拉成的晾衣繩。朱月娥的眼睛忽地落在了一條漂亮的紫色紗裙和一個紫色的胸罩上，那簡直就是夢幻一般的顏色。不知為什麼，朱月娥對紫色情有獨鍾，她曾經就想，將來有屬於自己的家了，一定要將屋裏屋外都佈置成紫紫的色彩。

朱月娥站在屋頂上有一種身在高處的感覺，這種感覺很真實，真實得如同人餓極的時候吃了一個味美的包子。遠處是春天裏剛盛開的油菜花，就那麼一大片一大片的金黃著，再遠處就是高樓大廈了，那些大廈遠遠近近若隱若現。朱月娥想那若隱若現的盡頭大約就是大城市了。想起大城市，朱月娥忽然興奮起來。老家總是那樣窮，父母能讓她上高中已是傾其所有。想起父母，她的心裏有了隱隱的痛，但想到不遠處的大城市，想想在大城市裏可以掙到很多的大錢給父母驚喜，朱月娥心裏就笑了起來。

春天的風裏挾著各種花香從遠處吹來拂過朱月娥的臉頰，朱月娥就昂頭看藍天和白雲。就在朱月娥有些陶醉的時候，身後傳來了一聲不輕不重的響動，朱月娥回過頭，發現那根晾著紫色紗裙紫色胸罩的繩子在風中斷掉了，那一團紫色如一隻巨大的紫蝴蝶在空中晃了晃就掉到了地上。朱月娥忽然有些心疼那一團紫，她真怕那一團紫被弄髒了。於是跑過去將那根繩子從地上拉了起來，再將掉到地上的紫紗裙和紫色胸罩掛到了繩子上。她認真看了看，是拴在鐵樁上的塑膠繩子脫落了，於是就使勁崩緊繩子往鐵樁上套。可是由於衣服在繩子上有墜性，怎麼套也套不上去，她只好準備將繩子上的衣服拿下來再往上套。就在她正在將繩子上的紗裙和胸罩取下來的時候，一個聲音尖叫了起來。

「放下，放下，這是我的裙子！」

你不能進來

男人和女人在同一座城市裏打工，男人是一個建築工地上的民工，女人在一個相對有錢人的家裏做保姆。女人非常珍惜這份來之不易的工作，因為她知道村裏出來的好多女人都還沒有找到事情做，更何況在這有錢人的家裏，她享受到了天然氣、洗衣機、電冰箱、熱水器等前所未有的東西。所以，她沒有把自已男人就在本城裏打工的事告訴這家主人，因為她非常明白城裏人的種種擔心，只是偶爾趁主人不在的時候給男人打個電話。

男人整天混在鋼筋水泥磚塊裏，工餘空閒時，工友們總愛說些昏天黑地關於女人的話題，男人就聽得眼冒金星血往腦門上湧。

一天，男人撥通了女人的電話。

「你一個人在家嗎？」

「嗯。」

「我想過來看你。」

「不行！」

周仁聰

「我想過來看看你。」男人提高了聲音。
「那怎麼行？人家打了招呼不能帶人到家裏來。」女人說。
「家裏不是沒有人嗎？」
「沒人也不行！」女人匆匆地掛上了電話。
第二天，男人又撥通了女人的電話。
「你是住六樓嗎？」
「嗯。」
「我來看你一眼。」
「不行，家裏有人。」
「我知道家裏不會有人的，我就在你樓下。」
「那也不行。」女人的語氣十分堅決。
「家裏孩子病了!」
女人遲疑了一下，還是掛斷了電話。
門鈴響了，女人看著門外的男人一臉討好樣。
女人說：「你不能進來！」
男人已經擠進了門，嘻皮笑臉地望著女人。
「你趕快出去！」女人說。

「我想你嘛。」
「人家主人就要回來了。」
「我知道他們白天上班是不會回來。」
「你再不走我要喊人了。」女人急了。
「你喊個球，老子是你的男人！」男人大吼一聲上前一步拽住女人往沙發上拖，「老子的女人老子還不敢弄！」
男人用嘴堵住女人的嘴，伸手解女人的褲子，女人拚命地掙扎說怕有人回來。
男人說：「我不管，你是我的婆娘。」
這時防盜門被打開了，男主人一臉驚愕地站在門口，男人和女人慘白著一張臉，空氣也似乎凝固了。猛然間，男主人似乎明白了什麼，像一頭被激怒的雄獅大喊：「抓流氓！抓小偷！」
女人也跟著喊：「抓流氓！抓小偷！」
於是便是眾鄰里一陣拳打腳踢，接著就有一一〇的警員來將男人帶走了。男人一直張著嘴想說點什麼，可他只覺得一陣暈頭轉向。
男主人說：「我本來說回來拿點東西，幸虧及時，那流氓沒傷著你吧。」

男主人又對女人說：「現在小偷流氓多的是，你可不能隨便開門。」

女人訕訕地應著，腦袋嗡嗡作響，這一切來得太突然，連她自已也沒清出個子丑寅卯。

男主人臨出門時還心有餘悸地千叮萬囑說以後要引以為戒，千萬不能給不認識的人開門。

女人呆呆地立在窗前，茫茫然地不知該說些什麼，也不知該做些什麼。這一夜，女人失眠了，好想去派出所說點什麼，可她知道會越說越複雜，越說越說不清。更何況，這等事情如果讓家鄉人知道了，那不知要被人恥笑到何種地步。她又想起了還不知在做著什麼和被做著什麼的丈夫，眼淚一下就出來了。

「死鬼呀！」女人深深地歎了一口氣。

女人就看著城市的天空裏有一枚發黃的月芽像要滴出水來。

夏雪勤

作者簡介

夏雪勤，浙江杭州人，中國微型小說學會理事，浙江省作家協會會員、研究館員。在《小說界》、《天津文學》等國內外期刊發表作品百餘萬字。

時有微型小說被《微型小說選刊》、《小小說選刊》選載；併入編《中國新文學大系》、《世界華文微型小說精選》、《世界華文微型小說雙年選》、《中國微型小說精選》、《中國微型小說排行榜》、《中國年度微型小說》、《中國小小說精選》等權威選本三十餘種；九次獲全國微型小說（小小說）年度評選獎。部分作品被介紹到歐美及東南亞國家和地區。出版有《尋我啓事》、《愛情空間》微型小說集。二〇〇二年隨浙江省作家代表團訪問俄羅斯，二〇一一年隨中國微型小說作家代表團訪問美國。

布輪

姥姥託人寫了信來，娘捏著半截皺巴巴的信紙，唸得極認真。

姥姥快七十歲了，一個人住在鄉下。娘去接過多次，姥姥都沒依。說城裏的樓太高，待著頭暈；城裏的路太寬，走著心慌。還說城裏的水有股味兒，城裏的菜不如她地裏割的好吃，把城裏說得一無是處。其實，姥姥在鄉下也好不到哪裏去。兩間矮房，七分田二分地，日出而作，日落而息，要多艱苦就多艱苦，卻不肯接受娘給的錢。說城裏花錢多，喝口水都得買，還是留著你們自己花更合適。硬是靠自己的勞動養活自己，娘拗不過姥姥只得作罷。

信的內容不多，只是叫娘把家裏不穿的舊衣服捎去，姥姥要做「布輪」賺錢。娘唸完信，眉頭鎖得像個結，不一會，緊鎖的眉心又欣然舒展開來，忙起身找舊衣服去了。

村裏的人開始走富，這是早些年前就知道的事。他們跑運輸、打傢俱、養雞餵鴨、做小買賣，反正啥掙錢就做啥。如今又興做布輪，據說是附近一家不銹鋼器皿廠用來打毛拋光用的，生產上還少不了它呢。嘿，村人真會賺錢哩！

姥姥聽說「布輪」能派大用場，且做起來簡單，用的又是一些廢舊的布料，對一向有物盡其用習慣的姥姥來說，可起了精神，何況一個布輪能賣一塊錢呢。姥姥便從箱底櫃角拽出一堆破舊的衣褲，試做起來。鋪好五六層布片，依照借來的紙樣剪出烙餅模樣的坯子，然後用線一圈圈納得密密匝匝。那雙樹皮般粗糙的老手，在瞇縫著的眼神下，像一對恩愛的鴛鴦，緩緩地游弋著。隔壁嬸子把姥姥做的布輪帶去收購站，一塊錢一個，一分不少賺，可把姥姥樂壞了。姥姥日納夜剪，家裏能做布輪的舊衣服一下就做完了。

娘翻箱倒櫃，找出的舊衣裳裝了鼓鼓兩大袋，第二天便捎走了。

半月後，接到姥姥的來信，說娘捎去的衣服做了四十二個布輪，四十二個就是四十二塊錢，姥姥高興得不得了，娘當然也格外開心，笑著的眼紋猶如犁田時的泥花開得極為燦爛。從娘眼裏彷彿看得見姥姥的影子在晃動。瞇著眼的姥姥正數著賣布輪的錢，一癟一癟的嘴巴笑得如沒牙的嬰兒，可親可愛。

信唸到末了，娘被難住了。娘沒有更多能做布輪的舊衣服，又一次翻箱倒櫃，勉強揀出兩件揑在手裏直愣。娘把它們包好了又打開，打開了又包好，捎還是不捎呢？

大約過了一個月，姥姥又來信說這回捎去的舊衣服做的布輪比上回還多，賺了四十八塊呢！兩件衣服的布輪居然比兩袋子衣服的布輪還多，豈不成怪事？

娘揑著皺巴巴的信，一句話沒說，只是抿嘴淡淡地笑。那笑容既熟悉又陌生，似乎近在眼前，又覺無比遙遠。那笑容依稀蕩漾著歡欣與慰藉，又似乎帶著些許歉意和無奈。過了些日子，好像聽說，這回捎的舊衣服是娘花六十元錢買的……

娘用錢買舊衣服，姥姥拿娘買來的舊衣服做布輪換錢，如此往復，儼如姥姥納在布輪上密匝匝的針跡依次輪迴。

不可思議的姥姥，不可思議的娘！

一個南瓜

芹是個天生的菩薩心腸。

幼孩時她的慈善就像團糯米糕子。大過年的，爺爺殺了雞，她看見倒在地上的母雞，怎麼扶也扶不起來，就傷心地哭得死去活來，非要爺爺把雞復活不可。爺爺哄她：「乖乖，別吵，等下給你吃雞，那雞湯可鮮雞肉可香呢。」可是萬萬沒想到，芹從今往後就不再吃雞。

不吃雞的芹也照樣長得高高的，中學時已出落得像一朵亭亭玉立的荷花。那是一個冬日的下午，芹從學校放學回家，路上看見一隻鞋子。芹將它撿起，一眼看得出是一兩歲小毛毛穿的。芹立刻想到了因丟了鞋的小腳丫凍得紅紅的樣子，急得直喊：「誰家小孩丟鞋子啦！誰家小孩丟鞋子啦！」芹在冷風中站了老半天沒有等到一個像要找鞋的人，自己的雙腳倒凍得生痛。

十年後的芹依然心善，只是這件事更為有趣。

清早，芹抱著個大信封要去辦一件事情，迎面碰到一個跛腳的農民。他推著小車，笑瞇瞇地向她兜售南瓜。芹邊走邊朝車肚裏看了一眼，十來個南瓜和幾把莧菜。跛腳農民見芹在看他的小車，就停了下來，雙手扶著車把，右腳勾著懸蕩在空中，臉上滿面笑容。見此，芹的心倏地一下沉了下去。

「買個南瓜吧！」她對自己說。可是芹不知為什麼從小就不喜歡吃南瓜，她愛吃芹菜。再說拎個南瓜去政府部門辦事兒，麻煩不說，也太不像話了。

農民一個勁地在誇他的南瓜如何的好吃，如何的與眾不同，為了這些南瓜如何地花費心血。

芹不知不覺停了下來。這麼一個跛腳的男人，除了在他殷實的地裏踏踏實實蒔弄莊稼，還能幹什麼呢？這已經不錯了，已經很不容易了。芹下意識地看了一眼男人。

男人傻傻地笑著：「就買一個吧。吃了，保你還想找我買南瓜。」

芹不再猶豫了，無論如何買一個回去！

芹拎著南瓜去辦事情。沒想到事情辦得非常順利，回家的路上要經過一個自由市場，菜農們將各種各樣的蔬菜擺滿了小街的兩旁。

「姑娘，買個南瓜吧。」

芹回頭，是個老農婦在招呼她。看一眼滿臉折皺老得像外婆一樣的農婦，芹的心又軟了，難道再買一個南瓜？芹停了下來，看看老農婦，又看看攤在地上的南瓜，說：「阿婆，我這裏有個南瓜，給你，你反正在賣，就把它賣了。」

老農婦一時弄不明白，很覺奇怪，賣了幾十年的菜從沒遇見過這種事情。

「阿婆，您儘管放心，我不會害你的。」

老婆婆看著慈眉善目的芹，樂呵呵地把芹的南瓜和她的南瓜放在了一起，「姑娘，你真是個菩薩心腸。」

芹笑笑。

回到家，丈夫告訴芹說：「媽媽叫我們過去吃晚飯。」

女兒的到來，做娘的怎能不開心，母女倆好親熱。芹戴好圍裙幫媽媽一起下廚。她走進廚房就愣了一下，案板上躺著一個南瓜。

「媽，你買南瓜了？」

「我曉得你不喜歡吃，可你弟弟愛吃呢。」

「知道知道，我們小時候你就說，阿芹吃芹菜，阿楠吃南瓜。」

嘻嘻。芹真覺得好笑，今天是怎麼了，不要吃南瓜，把它送掉了，還是偏偏吃南瓜。

不一會，一碗黃燦燦的南瓜燒好了，母親喜滋滋地將它端上桌。弟弟楠回來後一眼就看到了餐桌上的南瓜，「哇，有南瓜，好極了！」

一家人溫馨地圍坐在一起吃飯，弟弟夾起一大塊南瓜就往嘴裏送，「唔，好吃，好吃，今天的南瓜特別好吃。」

「這南瓜好吃還便宜呢。人家都賣三塊的，我買來才一塊五！」母親歡喜的樣子像中了頭彩，滿臉春天桃花般的燦爛。

父親也夾了一塊。

「那賣南瓜的老婆婆說，這個南瓜不是她的，是一個姑娘白送的，所以，她只賣半價……」

芹聽到這兒，心裏不禁咯噔了一下。

「我看這南瓜又不差，樂得便宜，就把它買來了，想不到還這麼好吃。」母親繼續說。

「天哪！今天這南瓜是尋著我了！」芹差點叫出聲來。

芹看著快被弟弟吃完了的南瓜，筷子不由自主地伸了過去，輕輕夾起一塊放進嘴裏，她從來沒想過南瓜竟然有這麼好吃。

離開媽媽家，芹一直在想，一個南瓜到底能值多少錢？跛腳男人賣掉一個南瓜掙了兩塊錢，老婆婆白得一個南瓜賺了一塊五毛錢，媽媽買了一個南瓜便宜了一塊五毛錢，可她只掏了兩塊錢呀。

芹有些傻了，想到弟弟狼吞虎嚥吃南瓜的情景，撲哧一聲笑了起來。

王雷琰

作者簡介

王雷琰，祖籍陝西漢中，陝西省作家協會會員、中國散文協會會員，現任《延安文學》雜誌副主編。

二〇〇一年十月主編出版了《小小說家園》一書，二〇〇二年四月入選中國作家協會、《文藝報》、《小小說選刊》聯合評選的「中國當代小小說風雲人物榜」（1982－2002）獲「小小說園丁獎」；一九九九年獲陝西省地市文藝期刊優秀編輯獎。在全國報刊雜誌發表各類文學作品百多篇，二〇〇〇年獲中國作家協會、《文藝報》全國文藝作品評比小說類一等獎，三篇報告文學在二〇〇〇年、二〇〇一年、二〇〇二年先後榮獲中華全國新聞工作者協會、國家廣播電影電視學術部、中國報告文學學會、人民日報社、《中國作家》雜誌社聯合舉辦的全國「新世紀徵文」一等獎、二等獎、全國十佳明星作品獎。另有多篇小說、散文等作品獲《小說月報》、《小說選刊》等全國各類期刊佳作獎。

畫家和朋友

畫家那鬍子割了一茬兒又一茬兒，依然是天馬行空，獨來獨往，難見好女相伴。朋友們都難解其因，這畫家有專長，有身分，三十大幾的人了，不討老婆養兒抱蛋，還等啥呢？就打著燈籠為他物色女子，誰料來一個走一個，見著「紅娘」「紅爺」們恨聲動氣地說：「介紹的啥狗屁畫家！把人畫得像妖怪似的，我畫個人兒比他都像！」

原來，每當好事者領來一個女子，畫家總是紅著臉兩隻瞇眼癡盯著陌生女子，羞得女子爲下頭去，垂著兩顆紅蘋果臉蛋兒，他似從睡夢中驚醒般，激動得絡腮鬍子顫巍巍的，嘴裏喃喃不住地說：「太美了，太美了。」像隻大熊般趴在桌上，拽起畫筆在白紙上畫來畫去，「你可別動！你可別動！」

女子見他厲聲厲色，就真的不敢亂動一下，呼吸也輕輕的，低低的，生怕干擾了他。因為他是畫家，要是他能給自己畫一張一模一樣的大肖像該是多好哩，她做夢都想著能走進畫中，照那麼大一張照片都得花好幾塊錢呢！

屋裏靜悄悄的，只聽見畫家方桌上那個小鬧鐘錚錚地響著。不知多久過去了，畫家好不容易才從桌子上撐起身來。「好了，可以動了。」極殷勤地將一隻半新不舊的折疊椅塞到了她的屁股下面，「快坐下休息休息！」

女子的雙腿早已酸困得成了碎截兒，順勢一屁股就跌坐在了椅子上，像終於解開了綁在身上的沙袋般大大地鬆了口氣。

畫家忙遞上了自己剛完成的大作：「看，怎麼樣？」

「啊……」女子驚異地大叫，怎麼也沒想到，剛剛還誇自己的花容月貌，在他的筆下自己卻成了鳥獸狀，蛇頭、獨眼、豐乳、肥臀、蛙形的爬行動物，跟妖怪似的，要多難看有多難看。

「你糟蹋人！」她氣得噴著淚花，一把扯碎了畫稿。

「你不能……」沒等他來得及搶奪，畫頁已成了碎碎的紙屑。門縫裏一股清風吹捲進來，紙屑跟著翻了幾翻，四散開去。

她扭身逃出門外。

朋友便數落他：「你不能把人家畫美一點嗎？」

「我畫得就挺美的呀！」他申辯說，「我這是意象畫。」

「啥叫意象？」朋友不解。

「意象就是我心中的她！」他激動得大聲吼。

屢屢介紹失敗，朋友們便找出了他之所以失敗的原因，再領來女子前吸取了教訓，將畫家的畫筆和畫紙都偷偷地收藏了起來。

又有美女子被引來，畫家又直勾勾地一笑，殷勤地將那隻破舊折疊椅遞到了女子的屁股底下。

女子紅蘋果臉兒一閃，毛茸茸的眼睛似羞似怨地剜了他一眼，理直氣壯地坐下。隨著「咯嚓」一聲，她和椅座緊密相連重重地摔在了地上。

「唉！真對不起，椅子螺絲鬆了。」他尷尬得不知如何是好，「碰傷了沒有？快揉揉！」說著兩隻手就伸了出來，一副很想幫忙的樣子，神經兮兮地自語：「蘋果摔了，蘋果摔了。」

女子嚇得忘了疼痛，一屁股翻起，拔腿而逃，她找到介紹人，苦大仇深地哭訴：「什麼狗屁畫家！窮得連個凳子都沒有，害得我摔了個屁股蹲兒！」

朋友們都很洩氣，但想到歲月如梭，畫家人到中年，整天背個畫夾，翻山進溝，蔽衣簞食，人又那麼的老實厚道，感覺讓他這麼繼續下去，心裏很不是滋味。

眾思集議，大夥都願意盡微薄之力幫助畫家改善環境，這個說：「我給他捐二十……」那個說：「我給他捐三十……」窮哥們兒把湊起的幾百元錢送給畫家，讓他好好買些家什裝扮裝扮屋子，打扮打扮自己。

「我不能要大家的錢，窮死也不要！」畫家執拗而堅決地說。

沒辦法，大夥兒又很洩氣。

有位新朋友恍然大悟提議說：「哎，我倒有個好辦法。我們單位要在會議室掛三幅領袖像，正想出千二八百塊請個畫家，這差事攬給他不就好了嗎？」

「這正是個好差事，快去給說！」朋友們異口同聲道。

「不畫。」畫家面有慍色一口拒絕。

「咋啦？」朋友不解。

「畫不好。」他說。

「謙虛。」朋友決不相信。

「真的，我只會畫意象畫。」

「唉，謙虛啥呢！現在要掙錢，搶生意都來不及，你還謙虛。」朋友急不可耐地開導他。

「會畫會畫，就你畫。」朋友覺得他這人謙虛得太迂。

「真的不會，我一畫他們都會變形的。」他實事求是地說。
「真的？」朋友半信半疑地睜大了眼睛。
「真的？」他真誠地說，「就像那些美女子一樣。」

畫美人

他內心悶得發漲，翻出一瓶陳酒，一連數杯下肚，眼前便是一片朦朧。

他落了淚，為女人，也為自己。

妻太醜了，也太惡了，將她比做青面獠牙的魔鬼，一點也不過分。女人嘛，該美時美，該醜時醜，養隻母雞還能吃顆蛋，結婚都三年了，她死淋淋的身子沒頂點兒變化。他怨怪她，叨叨過分手的念頭。她報復他，赫赫然在大庭廣眾之下詛咒他斷子絕孫，大罵他有毛病害了她。

她活活氣死他。

他時常想休了她。

她時常想殺了他。

一旦有空，他孤魂便到大街上遊來蕩去掃視女人，見賞心悅目者，如鳥雀般飛過去，死盯著人家看。女人以為是流氓，急急躲閃。他卻不肯罷休，蜂一般又撞過去。

「討厭！」女人見他死皮賴臉的樣怒目圓睜，「再纏我就叫警察了！」

他嚇了一跳，方醒悟這大街上的女人不是誰想追就可以追的。恍然中他想到了舞廳，舞廳的漂亮妞很多，說不定能碰上一個中意的，只是得花點錢。花點錢就花點錢，自己的醜妻也不是贈送的。

天公作美，妻睡得很酣。他躡手躡腳從妻的褲兜摸去了錢櫃鑰匙，偷走了一百元。生來不是做賊的料，心裏慌亂得像揣了隻兔子。

那家歌舞廳美麗的甚似王宮，靡靡之樂順風飄來，令人心醉神迷。

他買了張門票，戰戰兢兢地走了進去。剛落座，一位姿色誘人的小姐就湊了過來，嬌聲嗲氣地問：「先生，要點什麼服務喲？」

他受寵若驚，初次聽到來自女人親切尊重的稱呼，瞬間感覺身價高貴起來。

「我想請你陪我到街上逛逛，行嗎？」他試探問。

「逛街陪夜都成，有二百元就好說。」

她翹起兩根手指頭在他面前舞來晃去。

天呀！這些娘們竟這麼值錢，他咋了咋舌，貪慾的唾液順從地咽了回去。他倉皇而逃。

他失望了，為女人，也為自己。

失望，渴望。他肚子感到餓，也巧，樓下的馬路上有人扯著嗓門吆喝：「賣蔥花大餅哎——」

「嗨，我真笨！」他拍拍腦門，如夢方醒，「有人畫餅充饑，我何不畫她一些美人呢？省錢省氣。」

他心血來潮，拿出紙筆，笨手笨筆的，怎麼也找不出得心應手的感覺，畫一張揉掉，再畫一張又揉掉，扔得滿地紙球，竟無一張中意的美人圖，倒一個個像張牙舞爪的妻。

他洩氣了，憤然將筆扔出窗外。不久，樓梯上就傳來咣咣咣的腳步聲，夾雜著罵罵咧咧的叫喊。

「噹噹噹……」有人敲門，他厭煩地拉開門，大吃一驚——一位如花似玉，紅妝豔裹的仙女從天而降！他欣喜若狂，不快之情煙消雲散。

「小姐，請進！」

姑娘並不理會他的熱情，傲慢地步入房中，氣咻咻地責問：「剛才這筆是你扔的吧？」

「沒錯，是我。」他連連點頭，傻咧咧地盯著姑娘誘人的芳唇笑笑。

「無怨無仇，你為甚要往我身上扔筆？看把我的新娘禮服都弄成啥了，真掃興！」她指指前襟的一塊污跡，惡狠狠朝他翻著白眼。

「對不起，我不是故意的。」他忙致歉解釋。

「誰知道你是故意的還是無意的！」姑娘寸步不讓，「這筆就是證據，你要負責賠償！否則，我就叫人來收拾你！」她理直氣壯，一副誓不甘休的樣子。

他傻眼了，舌頭也似乎僵直了，有嘴說不清。

他不明白，自己為何總是惡魔纏身，難道女人都是魔鬼變的？

陳敏

作者簡介

陳敏，陝西商洛人。商洛學院教師，陝西省作協會員。先後在《小說月刊》、《百花園》等刊物發表小小說，譯文數百篇。其作品多次被《青年文摘》、《青年博覽》、《小小說選刊》等媒體選載並選入多種選本。有文字被翻譯成俄文、英文。有作品被選入中考閱讀考題和教科書。

出版有小小說集《詩祭》、《紅風箏》、《你的家園夢之夢》、《情感種植園》，譯文集《許多許多月亮》等。小小說〈詩祭〉獲二〇〇一至二〇〇二年度小小說優秀獎勵；〈虹〉在首屆全國小小說大賽中獲得金獎；〈失去記憶的日子〉獲二〇〇三年由讀者投票產生的「我最喜愛的微型小說獎」。小小說集《紅風箏》獲二〇〇九年度「冰心兒童文學圖書獎」，商洛市委、市政府、市文聯組織的「商洛首屆山泉文藝創作杯」一等獎。

奶奶樹

奶奶是個能幹的人，是最愛我的人，但也是最心狠的人，一直以來，她始終堅持不讓我們為爺爺祭墳。

這個鬱結在我心頭數十年，直到奶奶去世的前一天，才遲遲將它解開。奶奶和爺爺的姻緣如同白日的夢魘，眼睛剛閉上，就被驚醒了。醒了，卻發現，她的男人是個「大煙桿子」。

他歪斜在炕頭，將自己籠罩在煙槍噴出的煙霧裏。他不屑於她青春的容顏，只將他空洞的眸子蒼蠅般地盯向她黑黝黝的髮髻，她高高盤起的髮髻上別著一枚金子打成的發簪。

奶奶用手捂著日漸凸起的肚子，苦苦哀求，可爺爺的毒癮已深，怎能聽得進勸。他趁奶奶熟睡的空兒，偷賣了金簪，獲得毒資。奶奶哭得背過三次氣。

自爺爺變賣了奶奶的發簪，換得他體內所需的「養料」起，他的臉色劇烈變化，最後竟比金髮簪的顏色還要黃了。紛紛地，祖上留給他的三畝田地，一擺嶄新的瓦房也被他一點點地抵押出去，魔鬼般地幻化成一股股白煙，穿過他嘴裏的煙槍，「噗噗」地冒了出去。

他的手臂，不是一隻手臂，分明是兩節朽木。他的身體成了裹著一層黑皮的骨架。

奶奶被迫拉著四歲的父親和「行屍走肉的」的爺爺，搬進了一間無人住的小吊樓。

當黑亮的焦油，在溫度的驅使下變成濃濃的白煙，深深地進入他腹中時，他也會後悔、內疚、萬般無奈地跪下來，抽自己耳光，乞求奶奶原諒。奶奶不吱聲，把臉轉向一邊，抹眼淚。

墜入毒海中的人，撲騰不了多久，肯定活不長，親朋好友私下裏偷偷給奶奶寬心。果然，生命在他三十二歲時戛然而止。好在他們有兒子留存，奶奶知道自己不會孤寡一生。

奶奶把自己關進屋子痛痛快快地哭了一場，然後走出來，自言自語地寬慰在場的人：「哭啥呢？有啥好哭的。」並微笑著向前來幫忙的人遞煙敬酒。

奶奶在爺爺下葬的第七天，繞著爺爺嶄新的墓堆，親手植下了七棵樹，七棵椴樹。

她取「椴」的諧音，以樹為刀，在陰陽兩界狠狠一揮，劈斷了她和爺爺前世的一切恩怨。

奶奶從此努力讓自己的一雙小腳堅強地站在大地上。她幹活最捨得出力氣，好像跟活兒有仇似的，非得將它趕盡殺絕。奶奶給別人做短工的幾年裏，沒剪過手指甲，她十個指頭上的指甲從沒長上來。她賭氣，用使不完的蠻力來彌補她在婚姻上犯的錯。奶奶在她三十六歲的那年，終於贖回了爺爺抵押出去的瓦房。她的臉上洋溢出大功告成的喜悅，做了一大桌酒菜，把我父親叫到跟前，說：「那個死鬼把我們家坑死了，現在三年已過，以後你就不要去給他上墳了。」

我長大後，多次萌生給爺爺祭墳的念頭，可我的念頭剛閃出來，就被父親搪塞了回來。父親每次敷衍我時，都會有意無意地偷瞥一眼奶奶。見奶奶不發話，我們也不敢吱聲。記憶中，我從沒給爺爺掃過墓。

奶奶七十三歲的時候，正式開始發揮她做女人的特長。奶奶喜歡上了納鞋墊。她把各色各樣的布角布頭用糨糊糊在一起，貼在門板上，等晾乾了，取下來，剪成鞋樣，開始一針一線的納。鞋墊是十字繡的，款式多樣，針腳細密認真，漂亮別致。很多女人趕來欣賞她的作品。有剛剛做了新媳婦的女人，她們敬佩於她的手藝，三五成群趕來學習模仿。還有一些老人，他們手腳和奶奶比起來，雖已不再靈活，但卻願意坐在她身邊一邊做針線活，一邊和她拉家常。奶奶納出來的每一雙鞋墊全都白白送了人。熟悉的人來了，想拿就拿，她從不計較。一些陌生人，只要能和奶奶搭上幾句話，便很容易得到她一雙鞋墊的賞賜。她不停的納，從不讓自己的雙手閒下來。這一愛好奶奶一口氣堅持了十年。

奶奶八十四歲的時候，突然變天，說想去爺爺的墓地看看。父親和我手忙腳亂，連忙準備紙錢、香裱類的祭品。我們很想給爺爺補上一次墳。可奶奶連連搖手阻止：「不就是去看一下，何必大動干戈？」

奶奶瞥都沒瞥爺爺一眼。隔著一定距離，奶奶說：「還是把我葬在他身邊吧，但一定要用樹隔開。」

奶奶一生累過了頭，只要不想起來，完全就可以睡著不起來。奶奶當晚躺下後，再也沒站起來。奶奶在父親的夢中，留了條遺言：「我需要七棵柏。」

父親遵照奶奶的夢囑，在她的墓邊植了七棵柏。

奶奶的墓雖然緊挨著爺爺，卻被柏樹嚴嚴實實圍著，看上去是那麼倔強而獨立，一如她生前的性格，不亢不卑。

羊

兒子去外省求學後，她就一人生活著。

生活的空虛，讓她將愛的重心轉移到母羊身上。那隻羊她餵了好多個年頭了，她已視牠為家中一員。

丈夫那年去越南打仗時兒子剛念中學，兒子因有一個在老山前線打仗的爹紅遍校園。師生們器重他，稱他小英雄。小英雄代表著人們此時所希望的一切。

不久，噩耗傳來，小英雄的父親戰死疆場。見母親流淚，小英雄沒有。在他眼裏，英雄是鋼鐵鑄就的，無須親人為他灑淚。他抬頭挺胸，站得筆直，莊嚴地接過部隊軍官遞交的父親的骨灰和一塊鍍金的「光榮烈屬」的牌子。

兩年後，小英雄便踏著老英雄的血跡上了大學，是學校保送的。

兒子走後的第二年，她買回了一隻小母羊。小母羊暫時填補了她心裏空出的地方，她便和小羊相依為命。

可那隻小母羊總不見長，食量不小，卻不長肉。餵了一年了，依然又瘦又小，沒有產崽的跡象。開春時，她不想餵了，就將牠拉到市場賣，但卻沒有一個買主過問她的羊。有個好管閒事的人對她說：「一看你這羊就是近親繁殖，近親繁殖的羊毛長肉薄，一把骨頭，膻腥味大，味道也不好，沒人願意吃。」他說他有隻功能無比強大的種羊，專負責羊種的改良，已經優化了方圓數十個村子數百隻羊的品種。他殷勤般地要求無償為她的羊配種。

她接受了他的建議，第二天一大早就帶著她的母羊來配種。可那傢伙不放過眼前機會，在她的屁股上摸了一下，公然提出要和她先睡上一覺，然後再為羊安排好事。

真奇怪，男人沒安好心的舉動她還沒反應過來，倒先讓她的母羊識破了，母羊悄無聲息，頭一低，四蹄一撐，惡狠狠地朝男人的腿猛的頂了一下。男人被頂了個趔趄，一邊抓地上的東西準備還擊，一邊咒罵：「這狗日的羊成精了，竟然頂人。」

她滿心歡喜地牽著羊回來，心裏十分得意。羊保護了她，更重要的是，羊為她出了口惡氣，挽回了她的顏面。她決定從此像愛兒子一樣愛她的羊，絕不給她找公羊、配什麼種的。天底下，不管是人還是動物，只要是公的，都不是啥好東西。

她和那隻母羊從此相依為命了。

現在，她只有一個念頭，盼望兒子順利完成學業，更渴望兒子能回家看她，哪怕一次也行。

兒子外出求學四年未歸。她一心盼著兒子能在畢業後回來一趟，但沒有；找到工作後總能回來吧，仍沒有。她想兒子想得發暈，有種頭暈眼花的感覺。她曾讓人打聽兒子的近況，遲遲等來的消息是，兒子留進母校，之後又出國搞什麼研究了。這一去可能需要更長時間。他讓人給母親回話，表示回國後立即回來看她，讓她安生待在家裏。

她恨不得把兒子抓住咬一口，思念抹不去漫長的六個年頭。一種對丈夫和兒子的混合又複雜的情緒，讓她產生了一種無法遏止的失落。

她撫摸羊的頭，羊便乖順地把頭倒在她懷裏。她給羊說話，羊也理解似的聽著。羊很老了，牠已經九歲，以照羊的壽命，早已步入老年之列。但牠越老越乖，越老越懂得人心，完全瞭解主人的哀傷與痛苦。她在院子周圍種了些野花，每天早上拉著羊看日出，傍晚和羊看晚霞。夕陽照著她灰白的頭髮，照著羊困頓的眼睛。她和牠朝夕相處，彼此都沉默著。

換季節的時候，她總要將兒子的房間一遍遍打掃，整理他的衣櫃，兒子的衣服裏有兒子的氣息，她想得忍不住了，就去聞聞兒子的內衣、鞋和襪子。

她流著淚，撫摸那塊鍍金的烈屬牌子，嘴裏往往喊的是兒子的乳名。後來，她眼淚少了，話卻多了起來，多半是自言自語的，她呼喚羊時，竟也叫的是兒子的名字。她已經把羊和兒子合二為一了。生命的火焰在愛恨交織中一點點熄滅，她便稀裏糊塗地倒了下去，倒在羊的腳下。

思念把她奪走了。

老母羊咩咩地叫著，聲音像悶罐子火車。

發現她死去的是一個名叫來喜的啞巴男孩。他邊跑邊哇啦哇啦叫，叫聲喚來了村裏人。她的後事也就被村民簡單操辦了。

小啞巴收留了那隻母羊，他每天把牠拉到它主人的墳前，栓在一棵小樹上吃草。母羊晨去暮歸，算是給牠的主人守孝吧！

不久的一天，小英雄回來了。面對一堆黃土，小英雄的確有些內疚，說這些年忙得很，不得不費些時間來處理一些實際瑣事。為此，他的行程一推再推。他悔恨回來晚了，未能見上母親一面。

沒有人在意他的解釋。只有那隻守護在他母親墳邊，默默吃草的羊，警覺似的抬起頭看他，和他默默相對。他不認識羊，可羊卻似乎熟悉他。當他把一束鮮花敬獻在母親墓前，跪下、為母親磕頭的一瞬間，羊突然發出一聲尖叫，衝他撲了上去。他的頭撞到了她母親的蹬腳石上，得瑟了一下，爬了幾次才爬起來。

疼痛讓他突然意識到了什麼，他匆忙趕回久別多年的土木屋，扶著曾經居住多年的小屋的門框，他不能也不得不相信眼前的事實，那隻羊一直住在他的小房裏，他曾睡過的小床已成了羊窩。

母親早已將他的小屋改成了羊圈。

西蕾寧

作者簡介

西蕾寧，貴州遵義人，貴州省作家協會會員。

有中短篇小說在《天津文學》、《文學界》、《黃河文學》等雜誌上發表，有微型小說在《微型小說選刊》、《小小說選刊》、《語文教學與研究》等刊物選載，有散文隨筆散見《中華散文》、《散文百家》、《海燕．都市美文》等刊物。作品收入多種選本，收入多本教材，多次獲獎。

家道兩千年

秦王六十萬大軍攻臨楚都壽春時，正在服刑的強盜項興趁亂逃出城外，不幸就被逮住了，他的個人命運由此得到改變——和中國的歷史一樣。

嬴政盯著面前這位劣跡斑斑的賊，忽然笑了：「都說你很有能耐，那麼去做大事好了，打下齊國吾有賞。」

大王的話簡短而暖人，項興便覺得自己剛從娘胎出來，可以重新活上一把了。他熱血沸騰跨馬而去，為嬴政的統一大業左砍右殺。

待西元前二二一年攻下齊都時，項興已經戰功赫赫了，理所當然被封為「將軍」。躋身進上等人行列，他起初很不自在，騎馬歸故里時才漸漸進入角色。可惜，好感覺被小民的嘀咕徹底破壞了：「他就是項將軍？上次好像搶了我家一頭牛呢……」

老大一塊陰影籠在將軍頭上，直到他為秦王朝捐軀。嚥氣時，項興鄭重囑託兒子項墉：「記住，項家自你始……」

高祖劉邦膩煩了打仗，稱完帝便開始裁減軍隊，屬於收編的項墉自然與爵位無緣，只好在分得的那塊地裏吭哧吭哧耕種不已，項興老友路過時差點認不出他。那人橫看豎看，故人之子都是「賢良方正」的，發誓要把他推薦到漢室做官——念舊無疑是一種美德呢。落在竹簡上的理由卻讓項墉本人七上八下的，說他為父服喪二十年孝名遠揚，時間倒是不假，可婦人在此期間生養了八個孩子呢，鬼都不會相信！奇奇怪怪的是，皇帝老兒真的圈定他當稅官了，把項墉搞得神魂顛倒——項家果然由此而始嗎？乘著新官上任的得意，他開始橫徵財產稅，以報答皇家的提拔之恩，這就把富商大賈們氣得七竅生煙，瞪圓了眼珠尋其污點以便彈劾。他們的敵人不堪一擊——項墉很快重重落下，摔得七零八落了——那卷用於推薦的竹簡如此脆弱，是他萬萬想不到的。他的遺言便比其父還少些底氣，項家，至誰始？

千年後的唐王朝，有個青年男子在漫漫沙海中，深一腳淺一腳地走，對「大漠孤煙直」之壯觀視而不見，嘴裏不停詛咒著：「平平仄仄的科舉，跟項運一塊兒死掉算了。」

屢次鄉試不中，他的確見誰煩誰，包括那些趕路的駱駝。

駝背上的商人卻是興致盎然：「客官，我們同路嗎？」

項運無禮地瞥人一眼：「除非你會作律詩。」

駝隊叮噹遠去後，項運突然發現有塊帛巾在眼前飄舞，上面果真有一首絕妙好詩。他吟誦著它走出大漠，走進又一場鄉試，且原封不動將它書寫在考卷上……

謝天謝地，項運在主考官大人莫測的笑意中，總算求得了功名。開始時，他固執地以為有仙人在點化自己，直到作為按察使接手一樁案子——當年的主考官被控受賄。正仔細研究案宗呢，就有人來拜訪項運了——天，那位商人！人家並不多說什麼，放下一本詩集就走，端的是仙氣濃厚。項運連夜挑燈苦讀以解玄機，看著看著瞪大眼，給自己帶來好運的詩就在其中，是主考官早年的作品呢……唐王朝從此多了個心事重重的官員，而律詩之花則開得更加茂盛了。

臨終時，項運悄悄對兒子說：「項家千萬不能由我始。」

項家第八十九代孫項歸，以一篇精妙絕倫的八股文踏上仕途時，大清朝正到處燃燒著焚毀教堂的烈火。倒楣的七品縣官上任伊始，便不停地磕頭作揖，也沒能消解洋大人們的怒氣。

就在項老爺唉聲歎氣的關口，堂弟項離出現在他眼前，嘲諷地說：「我把好幾個牧師送上了西天，洋人是不會原諒你的。」

項歸乍一聽臉都氣白了：「我正在修項家家譜呢！你……你可別胡鬧……」

項離揚起頭無所畏懼地說：「宮裏都差人給我們送好吃的，鬧鬧又何妨？」

望著堂弟風風火火的背影，項歸不禁心急如焚——這小子會玷污家譜的！一咬牙他命人綁了堂弟，星夜兼程解往京城。義和拳在城郊截住他們時，他才知道朝廷向洋人宣戰了，真是活見鬼！項離揮舞大刀嗷嗷叫著要「助清滅洋」，把個七品縣官看得雲裏霧裏。

堂弟戰死的消息傳來時，項歸正潤色家譜，破例為其加注「為國捐軀」後，他真有些如釋重負。然墨跡未乾，朝廷就與所有高鼻樑藍眼睛媾和了，並下令剿滅「拳匪」。愣了半晌他仰首悲歎，長長的兩千年，幹嘛非要在這個時候修項家家譜呢？

燕子在冬天裏飛

上午到工地攪拌水泥、下午往高樓扛煤氣罐、晚上去鬧市擦皮鞋……我勤勞得讓工蜂臉紅，掙的錢卻不夠交房租，難怪房東要把臉拉長兩倍呢，說：「這是房子不是燕窩，再拖欠，過了今晚你可得走人了，哼。」

回到陰暗地下室，爹媽企盼的身影老在眼前晃悠，趕都趕不走，攪得我渾身難受，恨不得踩死自己的影子！

恰在此時，房東在樓道裏喊了一嗓子：「兒子，媽媽沒帶鑰匙，你別到處跑啊。」

經過幾秒鐘空白，我腦子裏噌噌竄出棵稗子，眨眼便結出怪異的果實：「乾脆綁架一回吧，弄筆輕鬆錢再走……」不由得人冷汗直冒，趕緊灌幾杯老白乾驅寒——沒料到，吞下最後一口酒後，我竟然膽從兩邊生！

房東家門還真虛掩著，推開一看，屋裏只有個孩子——目不轉睛盯著電視機，他連頭都顧不上回：「媽媽，你快來看燕子。」

悶聲不響掃視完屋裏陳設，我一步步靠近他，正緊張策劃著拿髒毛巾塞嘴還是用破棉襖蒙頭，就聽他小聲咕噥起來：「燕子為什麼不吃別人捉的蟲子呀？」

一走神，使得男孩扭臉把我看個真切，並問：「你是來找我的嗎？」真是一針見血！蠕動一下喉結，我將破棉襖披在身上，答非所問地說：「在我老家，到處都飛著燕子呢。」

聽得男孩跳起來，猴急急道：「你們那裏的燕子跟電視上一樣嗎？」瞟他一眼，我狠狠一點頭：「嗯哪。」

舔舔嘴唇，他歎氣說：「可惜鄉下很遠，媽媽不讓我去……」

此話如一道閃電在我心頭炸裂，差點讓我酥麻得暈過去，忙道：「不遠不遠，坐公車一會兒就到，看好燕子你還能趕回家吃晚飯，真的。」

邊盤算著索取贖金的數目，邊聽男孩嘮叨燕子，我輕鬆得像去走親戚。帶小孩去看燕子，便不算綁架了，不用負法律責任。城裏孩子傻乎乎的，以為燕子會在冬天裏飛呢。

正為讓房東「出血」八百或一千拿不定主意時，一隻小手拍打起我。

「小燕子飛到哪裏都能得到大燕子幫助，這是電視上講的，你知道嗎？」

為回避這個頂頂尖銳的問題，我支吾著把視線轉到車窗外。城市喧囂著，輕易就把人的欲望鼓起，我遂決定將贖金提高到一千二百元。能交一個季度的房租呢，算是筆鉅款了。

車到終點，還只是到了城郊結合部，離老家遠著吶，燕子當然子虛烏有。

「票」東張西望後綳緊小臉，衝我念經般道：「燕子呢？我要燕子，燕子呢？我要燕子……」

我可沒工夫理會他，開始顫抖著撥房東家的號碼。好在是冬天，不會引起懷疑。因為電話總是無人接聽，漸漸我就洩氣了，居然找不到機會跟人攤牌！焉不拉幾轉過頭，我突然倒豎起汗毛，「票」呢？

沿兩公里大街跑個來回，連男孩的影子都沒見著，急得我虛汗長淌，路邊烤白薯的老頭一把拉住我：「還是報警吧，隨便哪個話機都能打一一○。」這才把我提醒了。天，我是綁匪呀！還不馬上離開是非之地！趕緊竄上輛回老家的長途，一直裝睡到汽車啟動，剛要舒口氣呢，男孩卻又生生地闖進我眼簾：在馬路邊且走且停，不時仰頭尋找什麼。喔，我的冤家。

再立在「票」面前時，我顯得憤怒之極。

「跑什麼跑什麼，也不怕狼來把你叼去！」

他卻撲向我，激動得哇哇大叫：「剛才我看到燕子了，帶著花點點的燕子，不騙你。」

分不清燕子跟麻雀，自然也辨不出好人與綁匪，面對小孩的純真和無知，我心悸起來，脊樑骨開始嗖嗖發冷。

回程車上，「票」上眼皮跟下眼皮直打著架，卻還在那裏給我呢喃：「……燕子很勤勞，從不吃別人捉來的蟲子；所有大燕子都會幫助小燕子……」

其實，這些他早就嘮叨過了，只是我沒仔細聽。奇怪，燕子的優良品德，從前我怎麼不知道呢？

我是躲在陰暗角落，目送男孩歡跳進家門的。

紅酒

作者簡介

紅酒，本名周劍虹，河南省洛陽市人，河南省作家協會會員、洛陽市作家協會理事、洛陽市小小說學會副會長。主要從事小說、散文、隨筆創作。文章發表於《芒種》、《廣西文學》、《百花園》、《文學港》、《小說月刊》、《牡丹》、《大河報》等報刊。〈頭牌張天輩〉、〈花戲樓〉分別獲得二〇〇五—二〇〇六年度全國小小說佳作獎，和二〇〇七—二〇〇八年度全國小小說優秀作品獎；小小說〈二功子〉、〈咖啡男人〉獲二〇〇七年度與二〇〇九年度原創作品獎。作品入選《中國當代小小說大系》、《新中國六十年文學大系》、《中國新文學大系》等權威選本。出版有《花戲樓》小小說集，並榮獲第四屆鄭州小小說學會優秀文集獎。曾入選新世紀小小說風雲人物榜、新三十六星座，第五屆中國小小說金麻雀獎得主。

花戲樓

相思古鎮上的花戲樓，不知什麼朝代就已經有了。

花戲樓座北面南，雕樑畫棟。戲臺兩側有楹聯一副：「一曲陽春喚醒今古夢，兩般面孔演盡忠奸情。」雖年代久遠，朱漆褪盡，但字跡遒勁，依稀可辨。當年的花戲樓風光無限，城裏的角兒們以能在這裏唱戲為榮。一般的角兒甭來古鎮現眼，古鎮人挑剔得很。但女伶翠兒卻格外受古鎮人的青睞。

翠兒常來花戲樓，一演就是十天半月。往往不到開戲時，滿場子已是黑壓壓一片了。這還不算，牆頭上樹杈上，就連對過兒阿九婆家那青瓦房上都有人，或坐或站，瞪眼伸脖，盼親人似的盯著花戲樓「出將」處的團花門簾兒。

翠兒的行當是大青衣，古鎮人最愛看她演《梅妃》。翠兒演的梅妃，一出場就把人心給抓牢了。她蛾眉緊鎖，滿腹幽怨，吐字如玉。一句「雪裏紅梅甘冷淡，羞隨柳絮嫁東風」的念白，真真是令人淚下如雨，寸心似剪。這時，人們早忘了翠兒，臺上站著的那個絕色女子分明是唐玄宗後宮內新近失寵、婉麗能文、感歎景物尚在，人事已非的梅妃江采蘋。

翠兒唱得好，長得更好。古鎮上的老戲迷願意用戲詞兒來誇她「十指尖如筍，腕似白蓮藕」，這樣的好姑娘幾世來修？天仙還要比她醜，嫦娥見她也害羞。

樂隊的琴師是翠兒她男人，一把板胡拉得如同山澗溪水般恣情肆意、跌宕有致。男人熟悉翠兒的嗓子，就像熟悉板胡上的音律節拍，高亢低緩都有講究。高亢時，那板胡將翠兒的嗓音烘托得猶如紅雲層疊、松翻濤捲；低迴時，又好似玉簾捲翠、清夜燭搖，拿捏得不偏不離，伺候得恰到好處。臺上臺下，小倆口紅花綠葉，琴瑟合鳴，恰似神仙眷侶。

古鎮上的桃花開了謝，謝了開。翠兒戲裏依然是才情過人、滿腹幽怨的梅妃，戲外還是那個讓人眉開色悅總看不夠的美嬌娘。其實，翠兒也有難言之隱，眼瞅著同門的師姐師妹們都拉著大的抱著小的，翠兒身邊缺少的就是一張口奶聲奶氣叫娘的那個小人兒。雖說她和三代單傳的琴師合巹數年，可翠兒的肚子就是沒動靜。翠兒也不免跟戲中失寵的梅妃似的兀自惆悵起來，說話小聲小氣，看琴師的眼神怯怯的。

終有一天，翠兒有喜了，琴師欣喜若狂，恨不得站花戲樓裏喊一嗓子。琴師端吃送喝，沏茶打扇殷勤照應。翠兒更是功不敢練，嗓不敢吊，每日裏保胎安神是頭等大事。

花戲樓突然就靜下來了，靜得讓古鎮上的戲迷們心有不甘。於是，這段時間，城裏的小鳳仙、九齡紅、十里香都來過，可有一樣，來了、演了，動靜卻是不大，最多三天就收拾戲箱，雇個牛車，無論你是仙是紅還是那香，都隨牛鈴鐺一下一下擺晃出的單調聲響漸行漸遠。

翠兒生個男孩的消息就像有人倏地推開了輕掩的柴門，「吱呀」一聲，便打破了小巷的清幽，整個古鎮沉寂了些時日後，一下子就又活起來了。

有了孩子的翠兒肌膚如雪，髮如漆染，星眸迷離，比起先前來更是嫵媚撩人。不過，有細心人發現翠兒與往常有點不一樣，不一樣在哪？一下子難以說清。好像性子大了，嗓門高了，值不值也要對琴師男人耍個小脾氣。

古鎮趕集似地熱鬧，翠兒又要出演《梅妃》了，十里八鄉的人們搖著小船，走完水路走旱路，早早聚在花戲樓前，不消說了，那場裏場外黑壓壓一片，牆頭樹杈青瓦房上又滿是人。

花戲樓裝扮一新，順廊簷掛一溜兒紅紗燈。戲臺上的團花門簾兒一撩，翠兒扮演的梅妃在一群紫衣宮娥的簇擁下登場亮相。她一襲白衣，梅花點點，水袖扶搖，裙裾飄飄，蓮步輕移，踏歌曼舞。忽地曲風一轉，梅妃欣然唱道：「下亭來只覺得清香陣陣，整衣襟我這廂按節徐行。初則是戲秋千花間弄影，繼而似捉迷藏月下循聲……」這是整齣戲中梅妃得寵時的唱段。

正當鎮子上的戲迷們如癡如醉忍不住擊節相合時，原本隨著婉轉曼妙的唱腔緊拉慢奏烘雲托月的板胡，突然在翠兒甩高腔時戛然而止。翠兒猝不及防，那聲音頓時失去依靠如同大雁孤飛，殘梅落月，硬生生岔了音兒。滿場皆驚，譁然一片。

花戲樓的當紅名角兒怎能唱出分岔的高音兒？琴師在當緊時刻咋能收弓涼弦兒？古鎮人一頭霧水，不曉得翠兒和琴師這對兒紅花綠葉怎麼了。

日子水一樣淌過，翠兒會經常到花戲樓來，滿腹心事的看著戲臺兩側的楹聯，纖細的手指臨空順著遒勁的字跡出神地描著，一下一下，描的是「兩般面孔」四個字。

跑龍套

相思鎮總有相思的故事。

劇團的花臉姓海名椒，濃眉大眼，人如其名。

海椒小時沒想唱戲，唱戲是偶然。爹老把海椒按在板凳上剃頭，手藝真不咋著，每次剃頭海椒都跟殺豬似的吱哇亂叫，那嗓門不小，能傳出去二里地。隔牆兒，他二叔早先在個草臺班子裏唱花臉，聽這孩子嗓門大，模樣虎虎實實還透著股靈氣，就說這孩子是塊兒唱戲的材料，沒準兒能紅。

正巧縣劇團招人，二叔拉著海椒就來報名。

老師問海椒會啥？

海椒不言聲，大眼睛忽地一掃，身子一擰，給老師來了十幾個側手跟頭，雖不成章法，可不至於東倒西歪。

老師又問會唱不？

海椒說會，站得直直地，眼觀鼻，鼻觀口，連說帶比劃來了段：「城門城門幾丈高，八十八丈高。騎白馬，挎大刀，在那城門過一遭……」

兒歌，他娘教的。

老師笑得前仰後合，說：「中中中，這孩子中！」

海椒的行當屬於淨，主工架子花臉，扮演過《盜御馬》中扶危濟困、除暴安良的綠林好漢竇爾墩，直把個紅盔紅髯藍花臉，河間府響噹噹的人物演的是唯妙唯肖、出神入化。劇團大院裏一幫半大孩子一見他，就蹦著高兒喊「竇爾敦竇爾敦」。海椒不答話，紮開架勢，哇呀呀呀一陣叫板，眉毛亂動，眼睛瞪著銅鈴般大，嚇得那些孩子四下逃竄。

同門師姐名叫風月，青衣，在戲裏演秦香蓮。素日說話柔聲柔氣，水樣的性格。海椒一直把師姐當意中人，心說這樣的女子，只有自己才能呵護她一輩子。海椒眼中的師姐就是白素貞，就是七仙女。有啥好吃的，總想著師姐，海椒不會溫存，總把東西往師姐懷裏一送，直眉楞眼的說：「給」，轉身就走。

團裏新調來個導演，白淨臉，頭髮有些自然捲，給師姐風月說戲時，聲音很膩，時間長了，師姐看導演的眼神跟看海椒絕對不一樣。看導演時柔情似水，看海椒卻充滿慈愛，海椒覺得跟他娘看他的眼神沒兩樣，於是海椒鬱悶的不得了。

有天夜裏，皎月高掛，滿地銀輝，海椒一出宿舍門，便撞見師姐與導演在當院那棵槐樹下約會。海椒自己都說不清，怎麼會突然亮開嗓子喊了聲：「好大雪！」

此時正值槐花飄香，哪有什麼大雪？同宿舍都是些不安分精力過剩的小夥子，聽得海椒一聲叫板，即刻跟火燒蜂房湯澆蟻穴似的跑出來說：「雪在哪雪在哪？」師姐與導演站在月亮地裏尷尬不已，兩人拉著手扭身就跑。夥伴們嘻嘻哈哈回房了，只留下海椒望著如銀的月色發呆。

師姐和導演成親了，海椒一場大病後倒了嗓。倒了嗓的海椒只能跑跑龍套或在後臺打個雜。海椒心灰意懶，跑龍套也常出錯。

《鍘美案》中包公唱道：「慢說你是駙馬到，龍子龍孫也不饒。頭上打去他的烏紗帽，再脫掉身上蟒龍袍。」

這時，按劇情要求應該是王朝拿烏紗馬漢脫蟒袍。可海椒扮演的馬漢心不在焉，不光脫掉了駙馬爺的蟒袍，還順手把陳世美的髯口摘了。臺下觀眾笑得東倒西歪，直叫倒好，還說：「這包公厲害，鍘駙馬爺還先拔鬍子！」

《大破天門陣》裏海椒演親兵。戲劇中講究兵對兵將對將，宋遼兩軍對壘，有場開打。一陣急急風中，海椒扮演的宋兵提著兩把刀上場了，誰知和遼兵一打照面，卻忘了下來的動作，一愣怔，提著刀又下場了。演遼兵的演員心說：「還沒開打怎麼就走？」想救場，情急中，也不顧劇情，嘴裏喊著：「呔，哪裏逃！」提槍就追。也就是唱戲，要真的是兩軍交戰，豈不是長遼國威風，讓堂堂的大宋朝丟盡了臉？就這兩件事兒，就把海椒整得灰頭土臉，抬不起頭來。以前那個威風凜凜的竇爾敦徹底不見了。

架子花臉如今成了跑龍套的，但凡戲裏有衙役馬童，就有花臉海椒無奈的身影。戲外，海椒的目光一直追逐著師姐風月，癡心不改。

師姐不是不曉得海椒的心思，也給海椒介紹過倆姑娘。頭一個，師姐再三催促，海椒推辭不過，見了。回來師姐問相中沒？海椒說：「跟你比，差遠了。」第二個師姐親自帶他去了，師姐跟那姑娘說：「這是海椒，劇團的架子花臉。」海椒說：「那是以前，如今我跑龍套。」師姐說：「海椒人好心眼好。」海椒說：「我說話沖，脾氣辣，會打人。」那閨女看海椒敦敦實實，拳頭像油錘，心下也怯，匆忙告辭。不用說，吹燈拔蠟無半點指望。師姐氣暈了，說：「莫非你想氣死我？」海椒不吭聲，半晌，才說：「師姐，你生氣的樣子也好看。」

日子過得飛快，海椒還是孑然一身。導演在一次匯演中認識了另一座城裏的臺柱，追逐新人去了，師姐以淚洗面度日如年。海椒見不得師姐這樣，心疼得要死要活，大著膽子說「你別傷心，還有我呢。」師姐卻是不允。

冬日的夜晚，海椒心事重重總嫌夜長。披衣下床，在院裏渡來渡去。突聽師姐房內「呀」地一聲驚叫，接下來卻死寂無聲。海椒一激靈，顧不上多想，一腳踢開房門，只見師姐倒在地上，青絲紛亂，臉色蠟白，悄無聲息。海椒淚流滿面連聲叫著師姐師姐，兩手一抄，抱起師姐軟軟的身子就往醫院跑……

又是一年槐花香，師姐風月要和海椒結婚了。鬧洞房的人已走，海椒還呆呆地坐著不動。師姐一口韻白，嬌聲說道：「看天色不早，官人還是歇息了吧。」

海椒朝自己大腿上使勁擰了一把，顫聲說：「師姐，這回我不是跑龍套吧？」

聶蘭鋒

作者簡介

聶蘭鋒，山東臨沂人，山東省作家協會會員。

作品在《百花園》、《小小說選刊》、《天池》、《微型小說選刊》、《牡丹》等刊發表，作品入選《新中國六十年文學大系》《冰心兒童圖書獎獲獎作品》《小小說金麻雀獎獲獎作品》、《中國當代小小說大系》、《超人氣現代名家小小說》、《精美微型小說讀本》、《中學生一世珍藏書系》、《最適合中學生閱讀的小小說年選》、《最適合中學生閱讀的微型小說年選》等幾十種選本，多次入選中國小小說年度選本、中國微型小說年選本。二〇〇七年在《天池》雜誌開有「蘭鋒專欄」。被評為二〇〇七中國小小說十大熱點人物，小小說風雲人物榜新三十六星座。小小說〈秋紅〉獲《百花園》讀者推薦優秀小小說獎。作品集〈秋紅〉入選「中國小小說典藏品」叢書第三輯，〈秋紅〉二〇一一年獲第六屆臨沂文學獎小說集一等獎。

秋紅

「誰第一個舉手，我就嫁給誰！」

秋紅的話才說了一半，禿子就高高地舉起了手。挨著禿子的王二根又舉了手，又有三十多名青壯年舉了手。

秋紅的牙都癢，她睜圓了杏眼兒，對著人群裏的王二根大聲罵：「王二根你個窩囊廢，這輩子你就輸給禿子吧你，我這就搬到禿子家去，悔死你！」

秋紅氣得跺腳，禿子心裏卻美得像吃了蜜。

第二天，花兒一樣的秋紅就嫁給了禿子，才十七歲。第三天，禿子就吹著口哨參了軍，去了前線，去打小日本兒，和王二根，和那三十多名舉手的青壯年。

秋紅是家裏的第四個女娃，娘在秋天的玉米地裏正勞作著就流了滿地的血，然後生下她。

有年紀的說：「好啊好啊，這是紅氈鋪路，是福。」

爹卻不鹹不淡地說：「又養了個賠錢貨。」

娘就陪著笑臉說：「女娃一樣下湖種地。」

爹的旱煙鍋子一搕：「屁！幹一個錢的活兒陪十個錢的本兒。」

秋紅就憋著一肚子氣。憋著一肚子氣長到十七歲的秋紅，偏偏要臉蛋有臉蛋，要身段有身段，幹起活來更是勝過男娃。最是撩人的是她的大眼睛，水汪汪的，會說話。下湖的路上，瞅了誰家的小夥子，誰家的玉米地一準被鋤的寸草不剩，滑滑順順。頂數王二根家和禿子家的地最滑順了。

要說這秋紅的目光對王二根還有點含情脈脈，對禿子則是不折不扣的「瞪」。王二根生得清秀是公認的好，但木訥。禿子人還算出挑，可他調皮、逆反，秋紅也不討厭他，但他是禿子。王二根有板有眼，禿子不講規則；王二根輾轉反側睡不著盤算著明早給秋紅家挑水了，禿子呢想也不用想，天擦黑就給人家挑滿了缸。

其實嫁給誰並不是秋紅心上的事兒。秋紅的活道數第一，細數女紅，粗重的肩挑背扛、碓搗磨碾，樣樣拾得起放得下，雖人人誇讚，但秋紅還是憋著一肚子氣，秋紅盼著幹出個驚天動地的大事兒，證明自己徹底不是賠錢貨。

那是抗日戰爭最緊的時候，前線的火藥味已嗆到了秋紅的家鄉，鄰近的幾個村莊已組織了隊伍支前，秋紅的村裏還沒動靜，不是小夥子們怕死，他們怕再也見不著秋紅的大眼睛。這可急壞了滿腦子「大事兒」的秋紅。

於是，一個秋日的黃昏，秋紅約了二根，兩人草垛旁秘密商討，秋紅一臉嚴肅地說：「王二根，這事兒不像挑水那麼簡單，明天的參軍動員大會，我話一出口你就第一個舉手，千萬不能讓禿子搶先。」

王二根真誠地點點頭：「秋紅你放心。」

秋紅就把一枚穿了紅絲線的銅錢套在二根脖子上。二根從兜裏掏出一把酸棗，在衣襟上搓了，挑一顆最紅的送到秋紅的嘴裏。

既然第一個舉手的是禿子，秋紅就沒有理由去回味酸棗的滋味。秋紅只希望她親手做的軍鞋恰巧穿在了禿子腳上，或是二根的腳上。

夜是那樣的長，睡不著秋紅就想：「王二根的手咋舉得那麼慢？」還睡不著秋紅就想：「禿子的手咋舉得那麼快？」想不通。

想來想去的日子就像沂蒙山一樣綿延悠長，秋紅把日本鬼子給想跑了，也沒想出個結果來。

戰爭結束的那年，農曆的臘月二十四，是灶老爺「上天言好事」的日子。傍晚的農家已時斷時續的響起了鞭炮聲。秋紅端了洗菜水向門口潑去，卻潑出了一串「哈哈哈」的笑聲。

「秋紅，十年不見，你的見面禮真是解乏呀，我趕了一天的山路，這地道的青菜味兒，聞著舒坦著哩……」

拄著拐棍兒的禿子突然停止了說笑，因為他看見秋紅丟了盆子正朝自己摸來。

被窩裏，秋紅講著「眼睛的故事」：「那次戰役打得很吃力，到處都是受傷的戰士，我背了四名傷患藏到地瓜窖裏，還想出去找點水，剛出窖子口，誰知『轟』的一聲，就什麼看不見了……」

禿子說：「秋紅，你很勇敢，你的眼睛還是那麼好看。」

秋紅說：「鬼子都打到咱家門口了，還能等死呀。」

接著禿子開始講「腿的故事」：「我和王二根在一個連。打了一仗又一仗，許多戰友都犧牲了。子彈飛向二根時，一枚銅錢救了二根；子彈飛向我時，二根就撲向我，我丟了一條腿，二根卻丟了命。就讓我的腿永遠陪著二根吧，二根是真正的英雄。二根把銅錢給了我，他說是你給的，他還說你喜歡吃酸棗，然後就合了眼。」

秋紅聽了，淚水就盈滿了眼眶。秋紅撫摸著銅錢，腦海裏是那個秋日的黃昏，那遮擋秘密的草垛，那顆深情的酸棗……

良久，秋紅喃喃的像是自語：「二根的手咋舉得那麼慢……」

戰場上也不曾流淚的禿子再也控制不住自己：「秋紅，是二根讓我先舉的手呀。」

禿子緊緊地摟住了秋紅，嗚嗚地哭。

清水布鞋

清水不和男人在一起的日子到底有多長，男人說不清，清水也說不清，大約跟牆角那團綯鞋的麻繩還長好幾倍吧。

只記得那時兒子剛入小學，現在兒子都和男人一般高了。

其間，清水的男人提出過三次離婚，均不如願。

所以，男人如今依然是清水的男人，清水依然是男人的清水。是歸是，那是名義上的。

事實上男人早和別的女人好了，傳言說還生了雙胞胎。

清水對傳言只牽動一下嘴角，笑笑，也信也不信。

傳言又說，那女人是清水的小表妹，就是前兩年在清水家幫清水看兒子的那個，紮著兩隻羊角辮。那幾乎還是個孩子，有時候羊角辮還是清水給紮。男人總是有能耐，這樣的羊角辮也能給疏理成女人。

清水對這樣的傳言依然是牽動一下嘴角，笑笑，再笑笑，也信也不信。

傳言還說男人為了羊角辮跟人打架了，把對方打成了重傷，公安到處逮他。
這個傳言清水嘴角紋絲沒動，信了。
當年男人為了清水也跟別人動過刀子，被逮進去了。
清水拚錢拚關係就差拚姿色，將男人救出來，將自己嫁過去。
一晃，兒子都能掃地了。時間比女人的衰老還要快。
羊角辮會像當年的清水一樣，去拚錢拚關係甚至拚姿色把男人給救出來嗎？
不知道，清水心裏沒底。不過，清水是不會了，清水得養兒子，哪有功夫管閒事。
清水沒想到男人選擇了逃。
離家的那個晚上，男人拋下清水的最後勸說和兒子的哭喊，帶走了所有積蓄，連兒子的學費也沒留，影子一樣消失在黑夜裏。
從此，清水就開始了另一種生活。
清水原是一家國營皮鞋廠的技術工，廠子不景氣，清水曾提出建議改做布鞋，建議不被採納。清水就辭職自己做起了布鞋。
清水的布鞋周身上下都是純植物——純棉，純麻，一個線頭也不摻假。
這就是清水。

別人說：「清水你真死心眼兒，千層底裏用晴綸料，綃鞋省針，節約成本。」

清水又牽動了她的嘴角，笑笑。

「那樣的布鞋不養腳，反倒臭腳，不好。」

清水依然用上好的純棉純麻，滋養著小城裏男人女人的腳。

清水的布鞋小有名氣了，來買鞋的人很多，比鞋還多。買不到鞋的就急，清水不急，一天就做三十雙。想穿清水布鞋基本上都得預定。

有些大老闆模樣的人就腆著肚子說：「清水，需要多少工人，我給調度，咱把清水布鞋做大做強。清水你出技術我出場地，咱也弄個全國連鎖加盟店。」

「清水，申請個專利，註冊個商標，生意上的事情，不光靠技術。」

「清水，清水，清水……」

清水再一次牽動她的嘴角，笑笑，又笑笑。

「做鞋得從容，一針一線，一絲不苟，腳的舒適完全是得了手的功夫。多了就濫，品質保不準呢。」

清水依然每天做三十雙布鞋，養活著自己、兒子和三個工人。著急的那些人，讓他們先急著。

又一個著急的人來了——羊角辮，要買布鞋，說懷孕了急著穿。

清水上下看了她一遍，沒覺得她身子有多笨，可能月份還小吧，就笑了笑說：「兩天取鞋。」

羊角辮再來的時候，一雙精緻的布鞋擺在玻璃櫃裏。清水告訴羊角辮：「這是特製的孕婦鞋，你第一個穿，不收錢。這鞋幫用的是彈力棉，鞋底也做了加厚，孩子月份大了容易腫腳，一般鞋就穿不上了，我做了這個嘗試，希望你有空過來，告訴我你腳的感受。」

以後，清水布鞋裏就多一個品種。

羊角辮眼睛就紅了：「表姐……」

清水笑笑，閉一下眼睛：「還好吧，都……？」

羊角辮終於忍不住，眼淚一下子湧出來：「表姐，這東躲西藏的日子啥時候了啊！他說跟我反正沒登記，想怎樣就怎樣。他讓我做掉這個孩子，我不，這幾年我都做了四次了。」

「那你以後有什麼打算啊？」清水看著淚流不止的羊角辮問。

那羊角辮已變成了直板燙，單薄的黃毛丫頭也豐胸肥臀了。

「我要跟他結婚，反正你們也不在一起了。」

清水從玻璃櫃的最下面拿出兩雙沒打碼號的男式布鞋，讓羊角辮挑一雙給男人。

羊角辮端詳了半天，覺得兩雙差不多，有一雙好像兩隻不太一樣。難怪，能工巧匠做鞋兩樣嘛，於是就選了另外一雙。

清水淡淡地說：「你選的是四十一碼，他穿四十二碼，而且他右腳大腳指那有個骨拐，所以我把右腳那隻做了特殊處理，你帶給他吧。鞋合不合適，腳最清楚。」

陳勤

作者簡介

陳勤，一九七九年出生，四川省作家協會會員、自貢市作家協會副秘書長、自貢市微型小說學會秘書長，係自貢市文聯《蜀南文學》編輯。

在《讀者》、《青年文摘》、《微型小說選刊》、《百花園》《四川文學》、《短小說》、《小說月刊》、《羊城晚報》、《金山》、《天池小小說》、《文學報》、《雪蓮》、《新課程報》、《草地》、《小小說月刊》、《潁州晚報》、《貴港日報》等報刊發表作品二十餘萬字。作品獲全國微型小說（小小說）年度評選二等獎、首屆四川「優秀小小說作品」獎、第二屆「吳承恩文學獎」三等獎、首屆四川省小小說學會會員優秀作品評選一等獎等多項獎勵。多篇微型小說作品被收入《二〇一一年中國小小說精選》等數十種選本。

母親的全部

「再來一杯！」傑克把口袋裏最後的五十美元扔到櫃檯上，然後接過服務員遞過來的威士忌一飲而盡。

搖搖晃晃走出酒吧大門，迎面一陣風吹來，傑克不禁打了個寒戰。人倒楣連老天爺也來欺負，想到自己就要在這陰沉晦澀的天氣裏走向另一個世界，傑克心裏一陣悲哀。公司倒閉，朋友背叛，妻子離棄，一連串的打擊讓傑克喪失了活下去的勇氣。

前方有一個老婦人，一隻手提著個籃子，另一隻手拎著個大麻袋，弓著腰吃力地走著。

「在生命的最後時刻做件好事也不錯，說不定上帝會因此讓自己上天堂。」傑克自嘲地想。

「我幫您提吧。」傑克上前對老人說道。

「謝謝，您真是個好孩子。」老人高興地說。

雖然這叫法讓傑克有些彆扭，但同樣讓他有種甜蜜與溫暖的感覺。

「您口袋裏裝的什麼呀，還挺沉的。」傑克問道。

「馬鈴薯、南瓜、玉米、番茄，還有葡萄，全是我種的。」老人一臉自豪。

「哦，您真厲害。那您這是去哪兒？」

「去看我的一個兒子。」

「應該讓他來接您呀。」傑克說。

「他來不了，每次都是我去看他。」老人快活地說，一點沒有生氣的樣子。

從老人絮絮叨叨的敘述中，傑克知道，老人已經三個月沒見到兒子了，因為這三個月正是地裏最忙的時候，老人種了十幾畝地，還有一大片葡萄園。託上帝的福，全都豐收了，所以老人特意帶上這些新鮮東西讓兒子看看、嚐嚐。

「他最喜歡吃我炸的馬鈴薯了，每次吃都特別高興，你也嚐嚐。」老人微笑著，從籃子裏夾起一個送進傑克嘴裏。

「真香！」傑克由衷讚歎道。馬鈴薯的香味和母親做的差不多，想到遠方的母親，傑克心裏一陣絞痛。

「您那麼愛您的兒子，為什麼不和他生活在一起？」傑克問。

「他太忙了，經常在各個國家飛來飛去，總有那麼多的事需要他處理。當他拖著疲憊的身體回到家，看到我這個老婆子，只會讓他更愧疚，所以我老婆子就一個人住在鄉下，反正我又不懶，能自己養活自己。不過現在好了，他總算不忙了，我想什麼時候去看他都可以，還可以給他帶好吃的。」老人絮絮地說。

從老人的描述中，傑克彷彿看到了從前的自己，整天追名逐利，忙忙碌碌，卻忽略了遠方有一位老人在日夜牽掛著自己，可如今自己只會讓母親難過和蒙羞。傑克從心底裏羨慕和祝福這對可以時時見面的幸福母子。

夜色漸漸降臨，前面是一片墓地，老人沒有繞行，而是徑直朝裏面走去。或許她想順道拜祭一下親人，傑克想。

走到最裏面的一塊墓碑旁，老人停住了腳步，然後打開籃子，將裏面的菜一個個端出來，輕輕地放在墓前。

「孩子，我今天又做了你喜歡的馬鈴薯，快嚐嚐。還有，媽媽今年種的東西都豐收了。你看看，媽媽多厲害呀！」老人邊說邊從口袋裏把東西拿出來一一擺好。

「三個月沒見了，媽媽今天一定好好陪陪你。」老人緩緩撫摸著墓碑上的照片，無限慈愛地說。

眼前的情景讓本已麻木的傑克瞬間清醒，驚愕、感動之餘他覺得自己忽然有了活下去的勇氣和欲望，他甚至希望下一秒就能飛到母親身旁，細數母親的白髮，向母親傾訴自己的煩惱、憂傷。

因為，這一刻他明白了，母親或許只是他生命的一部分，而他不管成功與否、健康與否，甚至活著與否，都永遠是母親生命的全部。

玩家

山勢巍峨，一條細小的山道蜿蜒纏繞。揣著美玉，聚興城的趙六爺沿著山道搖著紙扇走走停停，一路呼吸著清新的空氣並欣賞著美景，真個是心曠神怡。

到得古寺，慧鑒大師正在清掃落葉，輕輕將落葉掃至一堆後，再送至旁邊樹林預先挖好的坑裏，撒上一層泥土掩埋。

做完這一切，慧鑒大師為趙六爺泡上一杯清茶。

「大師，您這真是好地方，空氣清新，景色壯美，又沒有俗世的煩擾，我都想待在這裏不走了。」趙六爺由衷地說。

「施主如果喜歡，盡可留下。」慧鑒大師合十說道。

「哎，想倒是想，可是錢莊事務纏身，走不開啊，只能偶爾抽空來沾沾您的仙氣。」趙六爺不無遺憾地搖頭。

鑒賞完美玉，一張方桌，兩把竹椅，二人對弈漸酣。

山道上奔來一個人影，是趙家下人趙二。趙二氣喘吁吁跑來，見過慧鑒大師後，將嘴附在趙六爺耳邊，一陣嘀咕。

趙六爺的臉漸漸由晴轉陰，「你馬上回去告訴少爺，無論花多少錢，都要想法買過來。」

趙二領命而去。

原來，這趙六爺是聚興城首富，生平喜好收藏古玩，前幾日在鄰縣尋到一明代青花瓷，只因對方要價太高而未買下，這幾日一直耿耿於懷，沒承想剛才趙二來報，聚興城的李三爺已將青花瓷買回。這李三爺只是一普通商人，做點小本買賣，敗在他的手下，讓趙六爺覺得這個臉丟大了。

「施主，我可要將軍了。」慧鑒大師一句話將趙六爺的思緒拉回。趙六爺重新凝神下棋，卻怎麼也找不回先前的那份平靜與坦蕩。

一局結束，慧鑒大師獲勝。趙六爺推開棋盤，微微歎息，正欲開口告辭，山中另一寺廟慧能大師的弟子手中托一木盒趕來。

「師叔，這是我和師父在華山採的，給您送來。」

「有勞你和師兄了。」慧鑒大師接過木盒，輕輕打開。

趙六爺探過頭去，盒中竟是一片枯黃的樹葉。

「大師，您要這樹葉做甚？」趙六爺驚奇地問。

「我師叔喜歡收藏樹葉，他收集得可多了。」小和尚說。

「原來如此，以前怎麼沒有聽大師提及？」

「個人愛好而已，不足為外人道也。」慧鑒大師語道。

「可否讓我開開眼界？」

「但看無妨。」

慧鑒大師起身從屋內捧出幾個木盒，打開木盒，裏面是書，再打開書，一片片樹葉夾在其中。趙六爺小心而仔細地一頁頁翻過，心中不由得讚歎不已。這些樹葉形態各異，被秋霜浸染出各種明暗相間的圖案，渾然天成，即便是大畫家著意為之，也難免相形見絀。更具匠心的是，慧鑒大師還在一些葉片上，順著葉子的形態、顏色，隨意用畫筆勾勒幾筆，竟變成了一幅幅意境深遠的山水畫、形態逼真的羅漢圖！此時的樹葉已不再是普通的樹葉，而彷彿一個個意境空靈的生命的大宇宙！

「大師真是高人，竟連收藏愛好也與常人不同，這般雅致而幽遠。」

「非也，施主錯了，貧僧喜歡樹葉與施主喜歡古玩並無二致。古玩也好，樹葉也罷，無非就是一玩物，讓我們心中愉悅，如此而已。」

如此而已？趙六爺心中思忖著慧鑒大師的話，忽然似有所悟。
「多謝大師指點！」他起身告辭，疾步追趕趙二。

史雁飛

作者簡介

史雁飛，內蒙古作家協會會員，曾就讀內蒙古大學文學創作研究生班。中學高級教師，現供職於內蒙古赤峰市元寶山區第一中學。

作品發表在《民族文學》、《草原》、《芒種》、《當代人》、《陽光》、《青年博覽》、《教師博覽》、《微型小說選刊》、《小小說選刊》、《文藝生活》、《短篇小說》、《鹿鳴》、《時文選萃》等雜誌。有作品被編成廣播劇朗誦。

小說〈青花瓷瓶〉選入《二〇一二年全國一百所名校最新高考模擬示範卷中》，有多篇作品被選入全國各地的中考語文試卷中。有作品獲新世紀推理微型小說全國徵文獎、吳承恩文學獎，獲「寶馬杯」、「鄂爾多斯杯」、「平煤杯」、「金葉杯」等獎項。有作品被多家報刊轉載並收入年選。有作品入選《感動中學生的一百篇小小說》、《中國微型小說名家名作百年經典》等四十多部文集中。

青花瓷瓶

雪下得很大，也很穩，街道上空空的，沒有幾個人。綿軟柔滑的積雪，蓬蓬鬆鬆地掛在枝梢上，亮白而倦怠的枝條被壓低了頭。偶爾有一陣風，也極微小極細弱，還沒有感覺到，就消逝了。在這樣的天氣，不會有什麼顧客來當東西，當鋪老闆早早地關了店門，捅旺火爐，懶洋洋地趴在櫃檯上，一邊翻看圖片，一邊哼著京戲。

突然，有人敲門，聲音極輕，他抬頭，支起耳朵細聽，什麼聲音也沒有，他懷疑自己聽錯了，於是，他又低下頭繼續翻看手裏的圖片。敲門聲又起，這次聲音很重，他很吃驚，自語道：「這樣的鬼天氣，有誰會來當東西呢？」

他遲疑著打開門，雪地裏，瑟縮地站著一個小男孩，十二、三歲的樣子。男孩很瘦，穿得單薄，頭戴一頂破舊的綿帽。由於帽頂落滿了積雪，使得男孩的臉更加瘦小。厚厚的積雪沒了他的雙腳，他雙手揣在懷裏，臉凍得通紅，衣服上滿是雪。

「孩子，你要當東西嗎？」他問。

「我，我……」小男孩支支吾吾半天，也沒說出什麼來。

「哦，你是要去副食店，買吃的吧？那你再往東走，隔著兩個店門兒就是。」

「不，我不是。」

「那你要做什麼？」

一朵一朵大大的雪花翻飛著落在男孩的額頭上，男孩打了個冷顫。

「哦，孩子，進店說吧。」

男孩從雪裏拔出雙腳，走進店，站在門口，不敢再向前邁一步。他的兩隻手仍在懷裏揣著。

老闆摘下男孩的棉帽，一邊拍打棉帽上的積雪，一邊說：「孩子，那你究竟來做什麼呢？」

「我，我媽病了。」男孩低著頭，怯怯地說。

當鋪老闆很機敏，一下子就聽出男孩的意思。

「你是來跟我借錢？」

「噢，不，不，我不是。」男孩顯得局促不安，「我媽病了，老咳嗽，黑天時咳嗽得就更厲害，醫生說，是肺癆。家裏沒錢，我想，我想把這個當給你們。」

男孩一邊說，一邊從懷裏掏出一個精緻的紅盒子遞給老闆。

男孩鞋子上的積雪，在暖烘烘的屋子裏很快化成了雪水，在男孩腳下，一圈一圈，慢慢洇散。

老闆接過紅盒子，慢慢打開。

「啊！青花瓷瓶？你是從哪弄來的？」老闆眼睛盯向男孩。

老闆娘聽說有人來當青花瓷瓶，興沖沖地從屋裏走出來，說：「在哪呢？快讓我看看。哇！這麼漂亮的青花瓷瓶。」

男孩變得更加局促起來，眼神中藏著遮掩不住的慌亂，他躲閃著老闆的目光，慌忙說：「是我家的，是我爸爸留下來的。」

「你爸爸，那你爸爸為啥不來當啊？」老闆問

男孩目光暗淡，說：「我爸老早就去世了。」

「那……是你媽讓你來當的嗎？」老闆娘一邊仔細翻看著花瓷瓶，一邊問。

男孩低下了頭，半天才說：「不，不是，我媽不知道。」

老闆疑惑地盯著男孩，說：「你是背著你媽，來當這個花瓷瓶的？」

「嗯。」

「就是說，這個花瓷瓶，是你偷出來的。」

男孩流淚了，默默地點頭。

老闆娘拿著花瓷瓶，上下左右地翻看，看著看著，忽然皺起了眉頭，趕緊把花瓷瓶遞給老闆。

老闆接過花瓷瓶，又翻來覆去仔細端看一會，沒吭聲，拿著花瓷瓶走進櫃檯。然後走向那個放著營業款的抽屜。

老闆娘急了，三步並做兩步，擋住老闆，雙臂護著抽屜，嚷道：「你要做什麼？你看仔細了，那花瓷瓶……」

老闆溫和地看著老闆娘說：「我已經仔細看過了，沒問題。把這花瓷瓶放到你的梳粧檯上吧。」說著，老闆把花瓷瓶遞給老闆娘，

老闆娘半信半疑，拿著花瓷瓶邊看邊向屋裏走去。

老闆笑了，回過頭來對男孩說：「孩子，花瓷瓶我們留下了，這些錢拿回去給你媽治病，不夠的話，你再過來拿。」

男孩不解地看著老闆。

老闆說：「噢，我是說，我先付給你一半錢，另一半你下次再來拿。」

男孩笑了，說了聲謝謝，拿著錢，跑了出去。

外面的雪不知啥時候停了，太陽光照在雪面上，耀眼刺目，老闆瞇著眼，看那小小的身影消失在遠方。

男孩再也沒來。

又是一個春天，天氣格外地好，明媚的陽光照得人暖洋洋的，當鋪的生意紅紅火火。當東西的，熟東西的，出出進進。

一個少婦帶著一個男孩遠遠地走來，走到當鋪門口，少婦一下就跪下去了。

當鋪老闆慌忙走出來，看見站在少婦身邊的男孩，明白了一切。

等一個人

樹皮和樹根都知道，這是一棵百年老槐樹，這棵老槐樹長在村口，村人出出進進，它都能看見。

樹梢上枝枒很多，綠葉子密密層層，向下垂著，像是一個大傘蓋。十幾雙眼睛，就站在傘蓋下面。

太陽踩著樹葉在傘蓋上走了一天，終於耐不住性子，滾到山的那邊去了。

日暮裏，十幾雙眼睛還在那站著。

他們是一群十來歲的孩子，還有幾位大人，他們在等一個人。一個決定這群孩子命運的人。

這個人叫天成，是東北師範大學畢業的高材生。有一天，電視上推出一個畫面，窮鄉僻壤，斷垣殘壁，黃塵飛上飛下。十幾雙渴求上學的眼睛在黃塵中瞇成一道道細縫，天成的心就被這一道道細縫給夾得粉碎，人也就被這一道道細縫牽引著，走到山中來了。

十幾雙眼睛向遠處張望著，焦急地等待著。

他們知道，他們要等的人，也在太陽底下走了一天，他一定很累，很累。十幾雙眼睛不由得擔起心來，當然，不是擔心要等的人不來，而是擔心要來的人，在中途遇到什麼麻煩。

這個生在城市，長在城市的小夥子，二十三歲的大學生，走了一天的山路，腳板上的水泡磨破了，他就用手帕纏緊，疼痛簡輕了不少。可腳後跟又磨出了幾個大血泡，疼痛使他不能前行，他好想好想坐下來，舒舒服服地躺在那，可是沒有，他沒有坐，也沒有躺。他站在那，望望前方，路還很長。再回頭看看來路，路也很長。他又望望前方，那十幾雙眼睛便在他腦中一閃一閃，很亮。像燈，引著他，一步一步。向前，再向前。

開始，陽光總是走在他的前邊，漸漸的就和他並肩而行，再後來，陽光就落到了他的背後，慢慢地逃走了。

他揹著兩個背包，左肩揹一個，右肩揹一個。左肩的背包裏是礦泉水，右肩的背包裏是書。他又把手伸進左肩的背包裏，掏了半天，什麼也沒掏到。他渴，渴得厲害，十多瓶礦泉水早已經在他體內發生了化學變化，然後，蒸發、排泄掉了。

日暮裏，十幾雙眼睛還在那站著。

他們遠遠的張望著，焦急地等待著。

終於站在傘蓋下的十幾雙眼睛裏有了一個黑點，像蝸牛，慢慢地挪動著，一點一點，近了，近了，更近了。

此時，十幾雙眼睛一下亮了，露出驚喜的神色，閃著光，熠熠的。他們丟下老槐樹，湧出村口，孩子們歡叫著，蹦跳著，在鄉路上奔跑。大人們興奮著，笑著嚷著，也像孩子似的，在鄉路上奔跑。他們去迎接那個黑點，那個天成，那個走不動的城市大學生。

百年老槐樹也高興的手舞足蹈，葉子嘩嘩作響，枝條擺來擺去，將滿樹的香氣，撒過來，撒過去。隨著希望，一起飄浮、升騰。

精疲力竭的天成看去更高，更瘦了，風都繞著他走，唯恐把他撞倒。他感覺肩上的背包越來越重，把背包從肩上拿下來，緊緊地抱在懷裏，一摞子書，沉甸甸地。

他一瘸一拐，從崎嶇不平的山路上走來了，遛掉的太陽早已睡著了，圓圓的月亮不知啥時悄悄地跟在他的身後，不停地晃來晃去。

那一群眼睛跑過來，擁抱他。

那一摞子書就散落在地上，孩子們一本本拾起來，高興地圍著他轉，嚷著：「老師，我們要讀書了，我們要讀書了。我們明天就上學。」

他看著這群眼睛，淚就流下來。再也走不動了。

雅蘭

作者簡介

雅蘭，江蘇南京人。靜觀文化大潮，崇尚自由寫作，以思想新銳，文字敏銳，視角獨特著稱。期創作涉及詩歌、散文、評論、微型小說、中短篇、社會學研究等。

小說首發於臺灣《小說族》，作品曾刊載於《青年作家》、《小小說月刊》等。有少許詩文譯為外文並收錄進文集。在公開發行刊物及相關網頁開設《雅蘭專欄》。著書《中國很高心》、《性殤》。

與你無關

那是一枚銀戒。

二釐米左右的寬度，刻著一隻欲翔的蝴蝶。在冬日的陽光下，耀眼奪目。

初次見到銀戒，是在兩年前。紫潔二十二歲。

伊聞慣於獨行，在無雨的暮後。伊聞的雙手插在褲兜裏，雙目平視。他總在看。似乎一切都是過場。伊聞不要任何的結果，伊聞要的是過程。他喜歡的方式是不能讓自己停歇。一切像流水，這樣會更有感覺。

左路的電話亭裏，伊聞付不出分文話資。他對紫潔說：「你先讓我打，我用東西押在這裏。」

紫潔為什麼要相信他？難道僅是伊聞從他細長的手指上抹下了一枚純銀的戒指。

也許不是。紫潔從沒有見過男子會有如此的手相，似是被月色溺過，似是剛從水幻中抽出。

當銀戒輕輕巧巧地放落在紫潔的手裏，彷彿一切回轉了千年。

煙雨剛過三月，翠綠欲滴在枝頭，油紙傘已風被吹漏。那個男子行走於煙灰色的雨巷裏，遇見一個長髮女子，迎面撲閃的就是瞬間的驚悸。

太遠——太遠的前世。

今生——伊聞細長的手指戴著一枚銀白的戒指。

此時——伊聞這般的佇立在紫潔的面前。

「可以的。」紫潔對伊聞說。

這個暮色過後，伊聞知道了有個女孩叫紫潔。

將銀戒贖回來之後，伊聞的身邊出現了紫潔。

一般而言，紫潔不太說話。漆黑的雙眸，閃閃爍爍，面上沒有任何的脂粉，經常穿著不同的休閒衫。唯一不變的，是她的瀑布般的長髮，還有一條牛仔褲。

但伊聞從沒有注意過紫潔的眼睛，那雙看似簡潔卻能穿越一切的眼睛。

只有紫潔自己知道，一切的開始就似一張網。

伊聞相信紫潔沒有故事，沒有開始和結果。

潔總是很安靜，拒絕任何的塵隙。一切在她的眼裏都是一種慣性，她只是一個被操縱著的人。這個世界可以沒有她，人、事、物都可以因她的無言而隱沒。

偶爾的派對，紫潔選擇在落寞的角落。一杯清水就可以。

也許她的心底是燦爛的，如春光沐浴，但都不曾在伊聞面前綻放過。

她曾說過，她的心就是海。

天蠍座的浪漫將紫潔整個淹沒。不折不扣。

想是一種概念。

思念是一個迴旋。

愛則在血液裏、熾熱、慾洩。

從伊聞的身邊伏起，紫潔哭了。「我怎麼可以？在這樣的夜裏？」

窗外頹黑。有風走過。

燈是桔色的，微淡，在寒夜裏有層層的暖意包圍。

有音樂輕輕響起。

還有雀巢咖啡。

還有粉青色的睡衣。

「你……不要這樣。」伊聞輕撫紫潔的後背，「愛是沒有錯的。我們都需要開始。」

紫潔的眼淚終是垂落，或許是為了這份感動。這一夜，紫潔是曲折的。

紫潔更多的時候是走自己的路，左右都在身後。如她這般的女子，生活在都市裏，置身於話吧中，恰似一根別人不曾聆聽過的音弦。在這個時代之外，輕撥，響徹。

往往縈繞著男子都是衝著紫潔嫻靜的外表紛至而來，哪怕再多打一次無聊的電話。話吧的經營因為紫潔而日漸紅火，豐盈。

蝴蝶給我的感受是一種憂傷中的美麗，輕離。當紫潔的一句話不經意地落在紙頁上，伊聞的心是顫動的。原來紫潔也有這般心境。

雙雙墜地。

就像黑暗中的翅膀。

告訴我，你還有什麼？

伊聞認真地想抓住。

紫潔的心是一個世界。

紫潔在嘗試，或許想忘卻。

不是所有的都可以丟掉。歲月放逐我們滄桑老去，而我們卻都流淌在生活中。

那個男人，可以說是自私，卑鄙甚至無恥極盡。更深更透的是漫延著虛偽，他可以披著一張皮無度的出沒在紫潔的生活裏。

日日夜夜，翻轉輪迴。

一個女子的青春終是時光的荒廢，愛情到頭來只是一場垃圾，心碎的是自己。

無人拾起，還有頹落的心，流血，風乾。

那個男人款款地說愛紫潔，附在紫潔的耳際，暖暖地說：「你是我的。」

在一個男人需要女人的時候，很輕易地讓紫潔來到他的身邊。

紫潔是真的在愛。

可她不知。

在紫潔最喪失理智的時候，那個男人將她的身體推向一個高潮又一個高潮。他能掌握，讓紫潔來，或去。

能夠讓一切都消失殆盡。

從形式，到內容。

還有什麼不可以摧毀？當一切都將要倒塌的時候，當他的淡漠越來越深遠的時候。

「不愛我就放了我，別在我心灰意冷時又說愛我。」許如芸淡出塵世的歌聲準確而又繚繞。

痛的是，愛情就像鴉片。愛入膏肓還需自救，忘卻是唯一的選擇。

最致命的是，傷口快要癒合，那個男人再次出現。所有的努力都已瓦解崩潰。

然後，一生的夢想又繼續與他氾濫，一生的傷痛也將繼續與他糾纏。

不需要，都不需要，哪怕還有甜心般的誘惑。

當那個男人再次進入紫潔的身體，紫潔已沒有記憶。

還有什麼不能面對？伊聞就是一張白紙，就像一朵芬芬著淡香的茉莉。

如果歷盡的往日猶如潮水，紫潔時常的想念便會讓眼前的伊聞甚感窒息。

歷史不可以停留太久，人和物都是穿插而過。

當伊聞戴著銀戒的手指再次撫過，紫潔緩緩地依託，將自己的面頰輕貼在他的細長柔軟的手掌裏。

「離開我。伊聞，不是我不愛。」

原來愛情經過敲打之後，性、情可以分開。

「我已沒有諾言和你交換。」

紫潔在那個雨夜淚下極泣。「你無法探測到我，因為我已找不到我。」

不能落入命中註定。

靈魂也有度，可以上下沉浮。伊聞短短的髮，潔白柔軟的皮膚，細長的手指，還有那枚銀戒。伊聞整個人，在紫潔的心裏隱約閃爍。

生活可以千瘡百孔，愛情也可以不堪一擊，心更可以冰冷，結果是一種隱忍的殘酷。

電話那頭，伊聞再三要見紫潔，為的是思念和眷情。

紫潔說很忙，亦累。

當日月一頁一頁的被風捲走，逝去的全部凝固在回憶裏，不曾想起。

紫潔即是如此。她的心是森森的冷，似一把看不見的刀，在無形中割殺，面容卻淡定如水。

一切都在行走。

伊聞不要任何的結果。

世事揣度不透。何況，人太微小，卻大於一切。

秋末。

晚八點，伊聞打來電話，居所中的床已換了。

伏融在酒吧裏縱意狂歡時，不知不覺已過了凌晨兩點。更加沒有讓她想到的是，前天已說再見的駿首，在她居所的樓道上等了她將近五個小時。

當伏融帶著滿懷的慵散倦怠回家時，看見了駿首心裏就有些不愠。

「你想讓我感受你的什麼，我不是跟你說不要來找我的嗎？」伏融抽著煙吸了一口長長的冷氣。

「我是真的。跟你在一起，我是第一次。沒認識你之前，我還是一個處男。可現在不是了。」駿首的聲音有些想哭的感覺。

「讓我跟你怎麼說，其實你不懂。現在我累了，你，明天來，再說。」伏融不忍決絕，畢竟駿首才剛滿十九歲。

第二天，伏融便不再出現在彩虹橋的住所。

每當伏融被男人糾纏到無路可逃時，就會想到漢西路還有一處三十平方米的精品小屋。現在讓伏融後悔的是小處男碰不得，因為他們不懂得遊戲的規則。伏融只想在沉淪的夜裏浮出水面喘口氣，就像一條隱匿已久的魚，沒料到醉酒後稀裏糊塗地帶著駿首回家。

尚武在留下幾滴眼淚和幾毫升精液之後離開了伏融。捶胸頓腳甜言蜜語地說，保證在半年之內將伏融辦到臺灣去的，可現在已有七個月了，也不見尚武的任何音訊。

尚武留下的銀器專賣店，還是跟從前一樣門庭若市。那些時尚的女人似乎對黃金失去了興趣，現在的女人越來越精典，她們懂得如何享受品質的生活。所以，尚武獨到的商業觸角挖掘了她們的心，也掏盡了她們坤包中的錢財。只有伏融自己知道，所有的人都是來來往往，來了來，去了去，了無影蹤，只是始終不見出任主角的人。

當時尚武說：「我走後你好好打點店鋪，等你到了臺灣之前，再將店鋪轉出去。」七個月的無聲無息，讓伏融明白尚武留下的銀器專賣店，是她陪了尚武四年所付出的結果。

「沒關係的，這年頭，誰能懂得誰。」伏融醒悟之後，就時常這樣安慰自己。

只是不忍一個人留在家裏。心靜時，到處都是尚武的氣息。有時想著想著，彷彿尚武又出現了一般。他的有條不紊的舉止。溫和如雅的語氣。

能夠讓伏融迷戀的也正是尚武的這一點。現在的大陸男人只要經商有了一點錢，那個財大氣粗的架勢，不是把人壓得喘不過氣來就是要將人噎死。但尚武不是這樣的。可尚武卻在相隔遠海的臺灣。

伏融一個人是落寞的。

在城市裏生活得久了，一個人就很難尋找到自己，好像陽光下的爬山虎瀉滿了古老的城牆，一眼望去滿目的絢綠，讓人感覺到明晃晃的真實，反而遠離了一段一段過往的歷史。

伏融漸漸地迷戀上了夜生活。人就是這樣，任何事情一旦有了開頭，就會接著有第一次第二次。

自從有了第一個假日情人後，在平時的生活中，伏融便不再刻意地去留心任何男人，而是全身心地將精力用在經營上。等到閒下來，特別是週末和長假時，就會浸泡在午夜場裏，或者懶得出去，便上網登陸「假日情人」聊天室。這次她用「白天不懂夜的黑」網名登陸發出廣告，欲尋一位經濟獨立重感情的男人，共度假日，長相不限。

認識寧安，就是在伏融的廣告發出後不久。那天，寧安也是閒來無事便上網遊蕩，當他看到了伏融發出的廣告，原來以為是久經沙場的男性撒網高手的所作所為，沒想到聯繫之後竟是一位乖巧可人的小美妹。寧安心中稱奇也竊喜，說不定真的應徵成功，以至於將伏融徹底俘虜。

伏融也不知道這是第幾次上網消磨時間，排遣寂寞了，反正她感覺自己的寂寞比別人深。

那天晚上，店面打烊之後已近深夜十一時，出去吃些晚茶便回家。在網上泡了三個多小時，沒有碰到一個稱心如意的。有許多男人都很直接，他們一出口就問伏融能否享受特殊待遇。說實話，自從尚武在伏融二十一歲時，將她從一個女孩鑄造成一個女人之後，伏融就對男人──尤其是對性的感知──都集中在尚武一個人身上。在尚武離開之後所偶遇的那些男人，也僅是應付自己作為一個女人的生理需求，對於其他男人都提不起性趣。

約好了見面的地點與時間，並交待了對方的穿著，可伏融站在夜幕下的廣場上四目舉望，就是看不到一個長頭髮穿黑褲黃上衣身高一米七八的男子。等到短頭髮一身西裝革履的寧安來到伏融面前的時候，伏融甚感詫異，怕是被寧安耍了暴露了真實的自己而失去了自尊。倒是寧安滿面笑容，一點也不像網痞，伸出手給伏融。

「不好意思，跟你開了玩笑，不是想捉弄你，只是想在暗中看看你。」伏融舒了一口氣。

自從回避了駿首之後，伏融就告誡自己，不能帶任何男人回家過夜。現在跟寧安在一起，兩人心照不宣地去賓館開了房。

寧浦大廈十一樓一一六號雙人間。寬大落地的玻璃窗被一層駝色的帷簾掩蓋著，潔白柔軟的席夢思好像無盡的海沙，它能淹沒喧囂塵世所有男女的狂歡亂愛。兩人都是成熟男女，所以輕車熟路就進入正題。

伏融確實也渴求已久。只是一個男人，性而已，跟從前經歷的男人不一樣。寧安做愛前，喜歡先用嘴拱擠著伏融的乳房，這讓伏融有點好笑。想著這個男人怎麼有些像小豬吃奶似的，一拱一拱的。但伏融也不好出聲，只有忍著，因為寧安正沉浸在性情中，不能破壞了氣氛。後來，寧安的一招還確實讓伏融刮目相看。寧安說：「我們不要依賴床。」寧安說完便把窗簾打開，將所有的燈都關上，拉著伏融來到窗前，然後將伏融的雙手放在窗臺上，面朝著窗外。遠處的燈火璀璨地閃爍在縱橫交錯的立交橋上，一盞盞游離的車燈組成了一座座流動的天堂。寧安從背後擁抱著伏融說：「寶貝，愛是要做來的。」接著寧安就從伏融的背後掀起一條腿，將她擠在窗臺前。就這樣，兩人站著交附著彼此，一直到山窮水盡。整個過程中，伏融旋暈了好幾次。伏融在迷失自我時，心裏偶爾也閃過這樣的念頭：「怎麼尚武不會這樣？怎麼姜昊也不會這樣？那個小駿首還要我去教。男人真是各有千秋，不盡相同呀。」

這一次的遭遇讓寧安久久不能忘懷。

現在的感情和性就像速食麵，餓了就抓一把。開水一沖，不管有沒有營養，狼吞虎嚥，肚子撐飽了，任何問題也就隨之解決了。雖然寧安也曾有過女朋友，但伏融帶給自己的卻是全新的感受。

伏融沉著冷靜，能夠周到地處理一切，可以看出是個理性的人。她不會因為自己的黑夜出軌，而出賣自己白天的真實。這一次兩人在一起，寧安著重分析的，還是將伏融看做一個很有情分的人，只是不易外露而已。

寧安有些動了真心。

寧安越是想著怎樣糾纏這個結，就越是讓伏融微感不安。

伏融想逃。

伏融再次消失。

又一個黃金假日，伏融在清點了一天的營業收入後，已是近深夜十二時。這次她換了網名「讓我一次愛個夠」，再次進入了「假日情人」聊天室。

不知這次伏融能夠遇上誰？

韓芍夷

作者簡介

韓芍夷，籍貫海南文昌市。副編審職稱，海南省海口市文聯《椰城》雜誌社編輯部主任，係中國作家協會會員、海南省作家協會理事、海口市作家協會副主席。

出版小說集《城市無夢》、《目光裏的對峙》，長篇小說《驛動的年輪》、《傷祭》。有作品被譯為蒙文發表。曾獲「海南省優秀精神產品獎」、「海南省文學探索者三十強」稱號、「海南文學雙年獎優秀作品一等獎」。

喝早茶

他實在想不出什麼理由來拒絕瘦猴，而不去喝早茶。這座城市的人很重視喝早茶。如果××大廈、×××酒家的早茶你沒吃過，那你就是鄉巴佬，你就是吝嗇鬼，你就是個窮光蛋。他沒有屬於其中的一種，功勞應當歸於瘦猴。瘦猴請他吃遍了這城市著名的賓館、大廈、酒家的早茶，使他在朋友、同事面前談起哪裏的雞爪味道好哪裏的蒸籠包好吃時如數家珍、容光滿面。

瘦猴曾是他的鄰居他小學中學的同學。瘦猴家有五兄弟，而他是家裏的獨苗。小時候吃飯時，他總喜歡端著滿滿的一碗有肉有菜的飯，站在門口邊精挑細嚼，邊看瘦猴五兄弟各自端一小碟煮得發黃的菜，有滋有味地把一碗又一碗的飯送進肚裏。瘦猴也總是邊吃邊死死地盯著他，眼大如橄欖仁。瘦猴小時候頑皮至極，打架賽跑鑽地洞樣樣比他精就是學習不比他行。他沒料到十幾二十年後，乾乾癟癟靈活鬼怪的瘦猴，竟成了個經營有方的個體商店經理，竟經常請他這位鄰居同學喝早茶。靠他的工資，是絕對進不了那麼多家賓館和酒家的。憑這點，他覺得不忘舊情的瘦猴太夠朋友了。

一個太陽升得很早陽光很明媚的星期天早上，瘦猴不打招呼，便風風火火地把他從被窩裏拉起，風風火火地把他推入的士，又風風火火地帶他踏入一間裝修頗高檔的酒家後才說是請他喝早茶。瘦猴那天打扮很特別，新襯衫、新領帶、新褲子、新皮鞋，全是免稅商場買來的名牌貨，那挺刮刮鮮亮亮使他覺得瘦猴像個過新年的早熟的小男孩。

「前幾天做成一筆生意賺了一筆錢。」坐在軟綿綿的椅上，瘦猴說，「想吃什麼，儘管要。」

他當然沒想到要客氣什麼的。他睜大眼睛指著餐車要這要那，碗碗碟碟在他面前重重疊疊。瘦猴則吃得挑挑剔剔，一碟蒸排骨只夾兩塊帶瘦肉的吃，便放下筷子，然後點上一支「希爾頓」，悠然地吸一口，又悠然地使煙霧從鼻孔、口裏吹出。

瘦猴靜靜地看他吃，看得很癡迷很忘情，彷彿是在欣賞一件價值連城的器物。

「你不吃？」他感覺到瘦猴久不移動的目光。

瘦猴搖搖頭，彈一彈手中的香煙，「知道嗎？我就喜歡看你吃、尤其是大吃特吃。」

「為什麼？」他停止了咬嚼。

「記得小時候嗎？你不也總是看我們兄弟吃飯？」瘦猴為他斟茶。

「知道我那時想什麼嗎？我在想，總有一天我們會調換位置的。」排骨的油膩不僅亮了瘦猴的嘴唇，還亮上了鼻尖。

他有幾秒鐘反應不過來，他感到腦子渾渾濁濁，弄不清從前那雙極限為橄欖仁大的眼與眼前這雙詭秘、深邃無比的眼有什麼聯繫。他感覺自己糟透了，他的目光永遠不會像哲人一樣閃爍著思辨的光輝。他慢慢地品味著瘦猴的話，越品就越像知道剛吞進的是一隻死蒼蠅，喉嚨酸水在滾動，胃也馬上翻騰起來。他低頭看眼前的空碟，想像著自己是隻餓急了的狼，而瘦猴是個突發憐憫心的獵人，這種人格的不平等，使他體會到了憤怒的情緒。

「服務員，結賬。」他喊，伸手要帳單，「這賬我來付。」

「不。」瘦猴按住他的手，快動作地把信用卡交給服務員。

他心裏的火呼啦啦地往外擴散，他想他應該把瘦如竹竿的瘦猴像標槍一樣從窗戶投向街市，但他終沒動，他不能因此與瘦猴斷交，讓瘦猴小看自己。他決計不再喝瘦猴請的早茶。

「鈴——鈴——」下班前，電話鈴振響。他一聽，是瘦猴。

「明天，吃世界大酒家開張，我請你在那喝早茶。」從瘦猴那公鴨似的聲音裏聽出他是那麼自信、那麼自我感覺良好。

他不作聲。

「喂，聽到沒有？明早八點正。」瘦猴沒等他出聲，便掛斷電話。

「哼，這混蛋，這自以為是的傢伙，憑什麼認為我明天一定去。」他憤然。

他必須找個婉轉的理由來拒絕，他必須在五點半以前給瘦猴打電話。他瞥了一下電話機，猛然看見電話機旁的舉報箱，舉報箱讓他聯想到糾風，糾風又使他想到明天不是星期天，不是星期天就不能去喝早茶。他為自己活躍的腦細胞與敏捷的思路弄得很興奮。他邊向電話機走去邊想像著瘦猴接到電話時的表情，他感覺到自己的面肌在做笑的運動。

彩民肥壯

「肥壯」是彩友給他起的名，彩友見他「肥」，名字的最後一個字是「壯」，就叫他「肥壯」。他也覺得這樣叫順口，很樂意地接受了。

肥壯自任彩碼批發中心的老闆，工作是在即開獎的當天上午，選出一個最有可能中獎的號碼，用紙包好，稱為「絕密碼」，派人在市內各個彩民集中的地帶賣，一塊錢一個。第一次賣碼，成績不錯，居然有幾十元的收益。可中獎號碼一搖出，賣出的號碼離它們相差十萬八千里。

「你這不是騙人嗎？」老婆知道後嚷了他。

「這是願者上鉤，咋叫騙。」他辯解。

後賣碼，因號碼不準，買的人越來越來越少，出去賣碼的小夥子不願幹了，他決定親自出馬。

那天是星期五。一早，他就揣著一疊用紅紙封好的號碼，到龍舌坡菜市場，那一帶的彩民不少。他擠在菜市場的人流中，手揚紅紙封，叫喊：「絕密碼，一塊錢兩個碼，中獎率有百分之八十八。」

他的聲音，在一片的吵嚷聲中，很快就被淹沒，任他使出吃奶的勁，喊破嗓子，也沒有人理他。他流著汗，乾著嗓擠出菜市場，蹲在馬路邊，繼續向行人兜售：「絕密碼，一塊錢兩個碼，中獎率有百分之八十八！」

有一老太婆走到他面前。「絕密碼，準嗎？」

「準不準，開了才知道。前期的3309，有人買我的絕密碼參考，得了獎，還請吃飯呢。」

老太婆伸手向他要了一個，要拆開。

他制止：「交了錢才拆。」

老太婆猶豫。

這時，一中年男人站在他旁邊。

「哼，要是那麼準，你自己拿去買豈不發了大財，犯得著來賺這些小錢？」男人一臉的不屑。

老太婆一聽，把紅紙封還給他，走了，男人也揚長而去。

被男人這一嗆，他愣愣地立在那，渾身木木的，如杵著一根木樁，等回過神來，男人已不知去向。知道他的去向又能怎麼樣，難道要追上去跟他打一架？他苦笑一聲，把紅紙封撕碎，扔在垃圾箱裏，往回走，腦裏卻再也甩不掉男人那譏諷的語調及表情，就差沒罵出「騙子」這兩個字了。

被人輕視、瞧不起深深地刺傷了他的自尊心，憤怒也由此產生，男人憑什麼這樣？憑著你的叫喊，憑著你的賭話……理由有很多。憑什麼不這樣，理由似乎沒有。他自問，自己沒有說服自己，他更憤怒了。

這一天過得極其漫長，他無所事事，遊蕩在這城市的大街小巷。他第一次厭惡起彩票，但是沒有了彩票，自己的日子怎麼過？他走到腳底發熱，腿發麻，才回家，倒在長沙發上。屋裏有動靜，他眯著眼看，是老婆回來了，表情是烏雲密佈，她一般不在這個時候回來的。他趕緊閉上眼，假裝睡著了。

老婆今天運氣差，賣一碗豬雜時不留神，收到了一張五十塊錢的假幣，倒貼了四十多塊錢。賣一天的東西，還賺不了這麼多呢！心裏窩著火，除了對騙子咬牙切齒外，無處發洩，一怒之下，關了店門，回家。一進家門，客廳的地板上，紙片、彩經、報紙、拖鞋全攪在一起，似被竊賊洗劫過一樣。

肥壯躺在沙發上。她徑直進廚房，沒有點熱氣，這肥壯飯不煮，菜不洗，家裏亂似狗窩，他卻挺著像條死屍，兒子放學不回家也不管不問。她氣脹，也一屁股坐在沙發上，不吭氣。這還像個家嗎？她只是一個居家過日子的女人，她所有的希望就是一家人平平安安、有吃有住、和和美美地過日子，希望在外忙碌一天後回到家，讓她感到溫暖。現在，她連這點奢望都得不到。

肥壯下崗前，是公家人，月有工資進賬，收入不高但過得還算體面。下崗後，成了職業彩民，一心想一下子中大獎，沒日沒夜地博彩，家裏一切都亂了套，他沒有收入不說，家裏大大小小的事都讓她一個人撐著，她真的感覺到很累。一想到累，她立即感覺到身體輕飄飄的，體內都被掏空似的，一點勁都沒有了。

家裏的空氣凝固了，沒有一絲生氣。

「我回來了。」兒子進來，見父母一人躺著一人坐著，氣氛不對，以為是為自己的遲回生氣，就低著頭，放輕了腳步，溜進自己的房間，過一會，沒聽見父母的責罵聲，便探出頭來看動靜，好像不是生自己的氣，大了些膽，進廚房揭鍋蓋。

「沒有吃的，我餓了。」他嚷。

「走，媽帶你到外面吃。」老婆起身。

「那爸爸呢？」

「你爸爸吃彩票，不吃人間煙火。」老婆拉著兒子的手，出去。

肥壯一下子坐起來，吐出一句：「別人差不多要罵我是騙子了。」

一提起騙子，老婆更是怒火萬丈。

「活該。」老婆惡狠狠地說。

肥壯緊握雙拳，放開嗓門，朝著老婆的背影喊：「連你也來氣我。」

彩碼批發中心不再開張，肥壯決心與彩票拜拜。他與老婆冷戰幾天後，又和好如初。老婆發現不去博彩的他神形委靡不振，感覺遲鈍，說話幹事缺乏靈氣，這比讓他博彩更糟。老婆心裏有點難過，她並不反對他買彩票，只是不想他當個職業彩民。

「這一期你不打算打幾個號碼嗎？」老婆小心翼翼地問。

肥壯一臉的冷漠。

「買幾個號碼撞撞運氣也不錯。」老婆把五十塊錢遞給他。

「你有完沒完啊！」肥壯衝著老婆吼，拂袖而去。

他發火，老婆更焦急了，覺得他是戒買彩票戒出病來了，更關注他的一舉一動。

他回家，如打坐似地盤起雙腿坐在沙發上。

「你在幹什麼？」老婆像隻跟屁蟲。

「我在驅趕我的敵人。」

「敵人？在哪？」老婆舉目四望。

「在這。」他指著自己的心。

「那裏怎麼能藏一個人呢？你別嚇我。」老婆拍拍胸口，上前去摸他的額頭，沒發燒。

梁慧玲

作者簡介

梁慧玲，生於昆曲的故鄉——江蘇昆山市，梁辰魚古宅的梁家宅人，江蘇省作家協會會員，昆山市文聯簽約作家。曾獲冰心兒童文學新作獎，首屆中國《兒童文學》金近獎，《兒童文學》擂臺賽銅獎等。

一九九四年出版微型小說集《占卜遊戲》，在《小說界》《微型小說選刊》、《兒童文學》等純文學刊物發表作品數十萬字，多次入選灕江版等年度重要文選，有多篇作品入選《那片竹林那棵樹》等微型小說選本。主要文學作品有：〈瓷變〉、〈古琴操〉、〈巫婆鰭魚和她的霓裳鋪子〉、〈鼴鼠的烏托邦迷宮〉、〈鑽石的心跳〉等。

野菱花

冬冬的輩份實在太小了，她只有四歲，其實是二十九個月。大人們只好用幾塊水果糖和巴掌，使得兩個披麻戴孝穿開襠褲的小孩，在冬冬圓圓小小野橘靈子似的河邊墳頭磕了三個響頭，並大哭起來。哭聲清脆如雪白的野菱，像黑珠子一樣的蝌蚪或晶瑩的小魚吐的泡泡，一圈一圈在空中漾開。大人們耳朵裏鼓鼓地灌滿充盈委屈的嘹亮哭聲，有許多透明的哭聲只好從她們眼角溢出來。

冬冬靜靜地浮在墨綠色圓圓的野橘靈子葉、尖尖的野菱葉和小小的萍葉間。野橘靈子和野菱分別開著鵝黃和雪白的小花，黑珠子一樣的蝌蚪密密麻麻如大朵的黑雲湧過，那兒的綠萍、菱葉便一起顫動。時不時，晶瑩的小魚輕輕咬一口水面，纖細的漣漪痛得叫起來，聲音一圈一圈在葉的縫隙間蕩開。

事後大家說，當時誰也沒聽見冬冬的叫聲。問玩的小孩，都搖頭。冬冬的媽媽發瘋一樣地打自己的耳光，冬冬的奶奶放下冰涼的冬冬，一頭撞向水泥牆，幸虧被人拉住了。

大家含淚悄悄說，冬冬媽不該叫冬冬走開的。冬冬爬到她媽媽膝蓋上，她媽媽的牌那時候非常旺。冬冬只有四歲，其實是二十九個月，不過已經看了兩年牌了。看到她認識的，她忍不住會用胖胖的小手指著叫出來：「三萬！九萬！」這樣她媽媽會輸，所以就叫她去找奶奶要糖吃。

冬冬的奶奶在另一張牌桌上，不耐煩地對喊她的冬冬說：「去和三毛、永亮玩！」三毛和永亮穿著開襠褲在冬冬家房子前面打硬幣，誰用硬幣把水泥地上的硬幣打翻過來就歸誰。冬冬沒敢向奶奶拿錢。

大家歎息著，落了很多惋惜的淚。

有人說：「早有預兆了，我看出來就是沒講。」

整個冬天都沒有下雪，天氣一直暖洋洋的。冬冬家房子西面是一片竹林，竹林和麥田交界處有一條小河。野菱、野橘靈子和綠萍們一莖一莖稚嫩青蔥的夢，探出早春惺忪的水面，在晴光下醒轉，一嘟嚕晶瑩的小魚斑斕的夢囈化做一個個水泡消失了。當黑珠子一樣的蝌蚪一粒粒冒出來時，野菱、野橘靈子紛紛綻開一小朵一小朵白色黃色的酒窩。浮萍鮮綠誘人，它們只有一點點被水浸得發白的鬚根，無依地浮在水面。河岸上漿麥草綠得油一樣閃閃發亮，清明做青糰子要榨它們濃碧的汁。大人驚駭地說：

「菱花從來沒有這麼早開過漿，麥從來沒有這樣嚇人地綠過。」

一百個青糰子，村裏每戶發四個。冬冬家是不作興吃的。青糰子好鮮好綠，村裏人吃的時候，想說什麼又把話和又鮮又綠的青糰子一併嚥下去。冬冬就真正死了。

冬冬死後第二天火化。憑著火化單銷了她的戶口，於是冬冬的媽媽領到了一張證明和一個新的希望。冬冬的媽媽吃不下飯，豆腐嚥下去，喉嚨痛，心口痛。冬冬的奶奶就淒淒地喊：「冬冬你走好哇，冬冬你走好哇！」

冬冬的媽媽肚子又微微隆起時，冬冬的奶奶果斷地給胎中的寶寶取名叫根根。冬冬的媽媽、奶奶頭上沒夾黃色或白色的絨花，冬冬實在太小了，她只有四歲，其實是二十九個月，而長輩是不能給小輩戴孝的。

這時小河裏的花早謝了。菱葉蓋著下面硬硬的有四個尖角的小野菱。野橘靈子結了圓圓小小的果子。往年小孩撈著吃，剝開皮，裏面一粒粒野橘靈子石榴籽似的。嗑開硬殼，抿一口乳白的汁。微苦，轉而異常清甜，青橄欖似的。然而，今年夏天大人管得特別緊，小孩誰也不敢去河邊。幾個大小孩偷偷吃了後說：「野橘靈子結得太早，又小又苦又硬，不好吃。」

小河於是很寂寞了。只有黑珠子一樣的蝌蚪先長長的，再沒了尾巴，再長成青蛙，整日浮在野橘靈子墨綠色的大圓葉上，呱呱呱叫得一片嘹亮。插完了秧，嘩啦嘩啦的洗牌聲早又響遍了整條村子。大人們有時在牌桌上一分心瞥見小孩在竹林邊上，趕緊大喝一聲：「永亮你要死啊，回來！」大人們連「冬冬若還在該和永亮一樣大了」的話也懶得講，有時牌順了才又說要在竹林後面圍圈高籬笆隔開小河。

小河裏青澀的野菱變成烏黑的老菱，菱殼爛了，雪白的菱肉沉到肥腴的黑泥裏，和一粒粒野橘靈子一道作著一莖一莖鮮綠的夢。

冬冬你是一粒小石子，被誰拾起好玩地往人世一投，只劃出一道美麗的弧線，像輕盈的紅蜻蜓點了下水面。當你生命的漣漪一圈一圈緩緩散去，水面依舊平靜，只是水底多了一顆永遠的雪白的小石子，和野菱們一道在水底作著青蔥的夢。來年當野菱和野橘靈子一莖一莖嫩綠的夢探出春天惺忪的水面，它們一定會叫晶瑩的小魚和黑珠子一樣的蝌蚪留心，不要撞碎你薄脆雪白的野菱花夢。

宿命

姍二十五歲那年去算過命，當時她剛經受一場嚴重的打擊，姍跟男朋友都快談婚論嫁了，突然殺出一個小姑娘，不知用什麼方法，硬是把男朋友搶走了。

姍是中醫內科的醫生，女同事為了安慰她，介紹姍去一個老中醫家，據說他算命非常準。同事說：「這算命嘛，像天氣預報一樣，天要下雨，你只能讓它下，但提前知道了，就帶好把傘，免得被淋濕。你以前的算出來，過去了就認命；以後的測出來，有個心理準備或盼頭，可以趨吉避凶。」姍覺得有道理，就真的去了。

老中醫鶴髮童顏，精神矍鑠，聽她說完生辰，掐指算了片刻，開始說她過去的情況，婚變說中了，連她八歲時的一場大病都說得絲毫不差。姍不由得完全信服了，她無比依賴地問道：「那麼，先生請幫我看看，我什麼時候結婚呢？」回答是：「你三十五歲的馬年。之前會有異性緣分，不過都走不到一起。」她一陣悲愴，鼻子發酸，還有整整十年，而且這十年是她人生最美好的時光啊……

從老中醫家出來，姍還能自我調侃，她想：「要是能把自己冰藏十年再解凍，醒來青春依舊，再遇見自己的命中人就好了。」當然這是不可能的。姍又想：「既然三十五歲才能遇見真正的，那又何必和別人認識交往，事後不成，徒增煩惱痛苦呢？」她暗自下了決心。

姍從此不再考慮自己的終身大事，一心撲到工作進修上。她沉迷於個人的內心世界，神情淡漠，臉色和白大褂一樣蒼白，一副冰清玉潔、離塵隔世的模樣。開始，同事朋友長輩們都很關心，介紹許多男孩給她，她很少去見面，實在拗不過情面才出席一下，接著就打退堂鼓。次數多了，大家也灰心了，以為她受了刺激要獨身。父母勸說，姍跟他們說了自己的理由。父母不能相信這個受過高等教育的醫生居然迷信這種東西！姍覺得實在無法和他們交流，家裏也待不住，索性租了套小居室搬出去，從此一心一意過起了一人世界的生活。

但是，幾年後，身邊的同事同學陸續為人妻為人母，姍漸漸連個說話的人都沒有了。夜裏，寂寞如狂，姍被孤獨深深地齧傷了。這時她又轉念：「哪怕最後沒有結果，只是一個過程也好！」

姍抱著這一想法接觸了幾位男性，當然，在這樣的思想指導下，不可能有滿意的結果；而且，她愈來愈堅信了老中醫的話。

轉眼又過了幾年，因為有命運上的期盼，有精神上的支撐，姍還是比較振作，沒有完全頹唐下來，那一份脫俗的純淨，也不是不吸引人的。

三十二歲那年，彥出現了，他是姍的病人，看過幾次門診後，彥覺得已經愛上她了，開始熾熱地追求，他比姍小四歲，倒像一個哥哥般呵護疼惜她。姍只順其自然。儘管如此，還是享受到了戀愛的甜美。有了彥，過去那些年的孤獨寂寞也值得了。慢慢，她覺得離不開彥了。這時，彥的母親找到她，直言告訴她，家裏都反對這樁婚事，覺得她年齡大了點。姍心寒了，她耳際迴響起老中醫的預言。姍從沒忘記過的宿命也沒忘記過她。姍認命了，與其最後慘然不歡，不如就讓曾經的歡欣永遠凝固。她主動和彥提出分手，不留一絲餘地。後來她聽說彥病了一場。不過，這次沒有到她醫院求治。

姍也是元氣大傷，但仍硬撐著，等待自己真正命中人的到來。

然而，愈接近三十五歲，姍越來越不安，萬一，沒有這個人的出現，那她以前的時光不是白白蹉跎浪費了？而且，如果這個人偏偏不喜歡她，那豈不是更慘？

三十五歲的大年初一，姍虔誠地去寺院燒香禱告，然後排除雜念，專注等待她的真命天子的出現，她臉上流露出少女才有的羞澀期盼，每天都修飾得完美無瑕，希望以最好的狀態面對他的出現。一個有著美好憧憬的女人，一個開始熱愛生活的女人是動人的。大家紛紛訝異姍的變化，問她是不是找到男朋友了？什麼時候吃喜糖啊？姍只含笑不語。

那年醫院外科新進了一位剛留學回國的大夫鴻。初見，為姍的古典文雅傾心絕倒，簡直不能相信，世上竟還有這樣的女子。這一次，姍渙然冰釋自己，全身心投入進去了，整個人洋溢著充沛的激情，就像一叢遲開的香雪蘭，竭盡全力，不遺餘力綻放全部的菁華。很快，姍和鴻就如膠似漆了。旁人不能相信，姍也是可以如此嬌媚、柔情萬種的女人。

初秋，姍如願以償，和鴻登記結婚了，也許認定鴻是她的真命天子吧，姍覺得一切盡善盡美，無可挑剔。不過，有時回過頭來，大膽地想一想，她真正的命運主宰其實是那位老中醫。她相信了他的話，實踐了自己可能的命運。如果不相信呢？如果她以前也像對待鴻一樣對待彥或者別的人呢？姍優雅含笑的嘴角不覺露出了一絲迷惘的微笑。

海棠依舊

作者簡介

海棠依舊，原名蘇麗梅，福建省作家協會會員。

在《福建文學》、《青春》、《百花園》、《短篇小說》、《文學港》、《中國鐵路文藝》、《喜劇世界》、《金山》、《短小說》、《羊城晚報》等幾百家報刊發表作品。

作品被《小小說選刊》、《微型小說選刊》、《教師博覽》、《報刊精粹》、《現代女報》、《半月選讀》等報刊轉載；作品入選《最值得珍藏的小小說選》、《精美小小說讀本》、《最具閱讀價值的小小說選》等多個選本及年度選。〈天價紅酒〉、〈家訪〉分別榮獲第七、第八屆全國微型小說年度三等獎，〈尋找薛淼生〉入選《二〇一一年中國微型小說排行榜》，〈一枚硬幣的故事〉作為試題入選人教版七年級下第六單元綜合自測。出版有小小說集《被風吹走的夏天》、《回家的路有多遠》等。

尋找薛淼生

立山中學九〇屆初一（三）班的班長杜小威在努力了一段時間後，終於聯繫到昔日的三十三位同班同學，無論杜小威如何打聽，都找不到第三十五位同學薛淼生的蹤跡。

想當初，三十五位同學從小學升入初中後，被編排到一個班集體，一起上到初三。初三畢業後，有的上了一中、二中、技校，有的回家種田，從此各奔東西，失去了聯繫。

二十年過後，杜小威忽然有迫切想知道同班同學近況的衝動，於是，他先聯繫身邊一直保持聯繫的同學，再通過同學找同學的方式，輾轉找到了除了他以外的三十三位同學。

尋找一段時間未果，杜小威先把三十三位同學約到一個酒店開同學會。酒足飯飽之後，大家紛紛打聽薛淼生的去向。

喝得臉紅脖子粗的向偉前開口了，說：「二十多年前，我做了一件對不起薛淼生的事，那是上初一的時候，薛淼生同桌的阮小慶鋼筆丟了，其實是我偷的，可為了給自己洗脫罪名，我跟幾個要好的同學串通一氣，一口咬定是薛淼生偷的。結果，薛淼生受到老師嚴厲的批評。」

向偉前說完，不好意思地說：「這麼多年來，沒事的時候，我就回憶起這件事。我總想找一個機會向薛淼生道歉。原以為在同學會上能見到他，沒想到……」

會場裏靜悄悄的，大家都陷入了沉思。很多人的腦海裏都現出了薛淼生那瘦小、孤獨的身影。

過了一會，林國良也開口了，說：「我也做了一件對不起薛淼生的事。那是初二的時候，薛淼生的父母離婚了，薛淼生跟他爸爸一起生活。每次放學，我都跟在薛淼生後面，帶頭起哄他是個沒娘的孩子。那時候，薛淼生被我氣壞了，攥緊小拳頭要跟我打架，可一看到我牛高馬大的樣子，他又退縮了。我到現在也無法忘記，他眼裏閃爍的淚光。」

林國良說完，長長地歎了口氣。

兩位同學的話引起了大家的注意，大家都停下手中的酒杯，靜聽他們的訴說。過了一會，從會場中間又站起來一個人，大家一看，原來是二十年前號稱「班級一霸」的崔立立。二十年不見，崔立立已變成一個體重一百七十斤且滿臉絡腮鬍子的壯漢。

崔立立站定，清了清嗓子，說：「你們這些算得了什麼。記得初三的時候，因為沒錢打檯球，我逼薛淼生給我二十塊錢。誰知道，這二十塊錢是他一個月的伙食費，為此，薛淼生一個月沒吃飽飯，餓了就喝水充饑。結果，一個月下來，薛淼生大病了一場。現在想來，我感到很愧疚，如果這次見到他，我一定請他去飯店好好搓一頓，彌補我二十年前的虧欠。」

聽了大家的訴說，杜小威站了起來，說：「現在回想起來，年少的我們真是不懂得珍惜同學之間的情誼，看來大家對薛淼生都很懷念。我再聯繫看看吧，但願能找到薛淼生。」

杜小威話音剛落，響起了一陣陣掌聲。

這時，身為工商局局長的範圍強站了起來，說：「其實，十年前我還見到薛淼生。那時，我剛從學校畢業分配到單位。有一次，薛淼生在街上賣山藥。我要向薛淼生收市場管理費，可他說，山藥還沒賣出一分錢，沒錢給。當時他也不敢認我這老同學，而我年輕氣盛，愣是裝作不認識他，把他的山藥踢翻了，還拿走他的秤。後來，我才知道是他父親病了沒錢抓藥才去擺攤的。過幾天，聽說他父親死了，而無論他父親的死跟我有沒直接關係，我這個心啊，特難受……」

范國強說完，拿起紙巾擦了擦眼角的淚水。

會場再一次進入死一般的沉寂。此時此刻，大家特別希望，曾經初一（三）班的同學能夠全部在這裏聚會。這時，只見杜小威緩緩地對大家說：「薛淼生找到了，可是他來不了了，我們去看看他吧。」說完，杜小威帶頭走了出去。

在杜小威的帶領下，大家上了一輛大巴車。大巴車先是走在一條柏油路上，接著拐進一條塵土飛揚的公路，最後行走在一條羊腸小徑上。大家伸長脖子看著車的前方，期待能早點見到薛淼生。

「到了。」

杜小威話音一落，大家紛紛下了車。他們環顧四周，只見四周綠色蔥蘢，傳來林濤陣陣。

杜小威指了指前面的一塊墓碑，哽咽道：「薛淼生得了癌症，在五年前就已經離開了我們……」

杜小威話剛說完，不知誰帶頭「哇」一聲哭了出來。

林濤陣陣，夾雜著撕心裂肺的哭聲，響徹山谷……

媽媽手上的陶器

高考成績揭曉了。

男孩垂頭喪氣地走進家門，母親正擦拭桌子，看到男孩臉上陰暗的表情，母親把抹布扔一邊，搭著男孩的肩走進屋，示意男孩在沙發上坐下。

母親小心翼翼地問道：「成績怎麼樣？」

「媽，我沒考上，我……」男孩話沒說完，眼淚卻從眼眶裏湧了出來，滴落在布沙發上。

「沒事沒事，沒考上就沒考上，咱明年再讀一年，啊？」母親說。

「可是，媽，他們都考上了。」男孩說。

「考上就考上，沒事的。」母親知道，他們是指男孩一塊玩的夥伴。

在班級裏，男孩和強強、巍巍是好朋友。平時，三人一起上學，一起做作業，一起放學。他們形影不離的組合讓同學心生嫉妒，老師也戲稱他們是「三人組合」。並且，他們約好了考取同一所大學。這下，強強和巍巍同時考上了，只有他沒考上。難怪他會如此難過了。

第二天，母親上班之前，敲開了男孩房間的門。母親對男孩囑咐道：「孩子，媽媽上班去了，鍋裏有豆漿，冰箱裏有蛋糕，你待會起來吃。」男孩「嗯」了一聲，轉身又睡了過去。

中午，母親從公司回來，她放下包，直接來到廚房準備做飯，一眼瞥見鍋裏的豆漿，原封不動。母親看了，心咯噔了一下，看來，男孩起來後沒吃東西。母親推開男孩的房間門，卻發現裏面根本沒人。

母親心急地拿起手機給男孩打電話。電話響了許久，卻沒人接。母親心慌意亂地走出家門，在路上尋找。找了幾條街，不見男孩的身影。母親急了，打了幾個電話到同學家，也沒男孩的消息。

路邊一家網吧的廣告招牌發出斑斕的色彩，母親看了，心下一動，下意識地走進網吧。

網吧裏，坐著許多十幾歲的男孩。看得出，大多是在校學生。男孩面前，遊戲頻道的畫面占滿整個螢幕，而遊戲的主人，卻是一副專注的樣子。

母親在網吧裏轉了一圈，沒找到男孩。母親沒有放棄，她的身影在不同的網吧穿梭。母親找了幾個小時，最後在一家網吧找到了男孩。

男孩正沉浸在遊戲中，一眼看到母親，男孩先是低下了頭，囁嚅道：

「媽，你下午沒上班？」

「孩子，你這樣萎靡不振的樣子叫媽媽怎麼去上班？走吧，媽媽帶你去一個好玩的地方。」

男孩「嗯」了一聲。

幾分鐘後，他們來到一家「陶陶吧」。男孩沒來過這種地方，他好奇地睜大眼睛，看到周圍的人正專注地做著陶瓷。母親跟老闆說了些什麼，老闆帶著他們來到一架機器前，然後拿給他們一塊泥巴。老闆示意男孩先進行捏泥。男孩試著用勁捏了捏泥巴，可是不行，泥巴在手上粘得緊緊的，男孩學了個乖，輕輕地揉搓著，卻又不起什麼作用。男孩在母親的建議下，把泥巴放在板上揉搓，還是一樣。

經過一番摸索，男孩終於知道，捏泥使用的力氣要適宜，太用力了不行，太輕了也不行。男孩琢磨出技巧後，捏泥的技術提高不少，終於把泥巴捏得恰到好處。

接下來就是拉坯了，男孩跟老闆說：「想做一個花瓶送給媽媽。」老闆指點男孩把一塊鉛球大小的泥巴固定在轉盤中心，然後打開電閘使轉盤轉動，在轉盤轉動的同時，邊耐心細緻地塑造花瓶的雛形。男孩按照老闆的指點，小心翼翼地做好每一個步驟。終於，一個精緻的花瓶在男孩的手裏誕生了。

從陶吧出來，男孩的心情愉快了許多，他一邊欣賞著自己的作品，邊微笑地對媽媽說：「媽，不要擔心我，我明年再讀一年吧。」

母親看著孩子，溫柔地摸著孩子的頭，說：「你知道媽媽為什麼帶你到陶吧嗎？」

「知道，在陶吧製陶的過程中，不管是捏泥還是拉坯，都需要很大的耐性，隨時都有失敗的可能。萬一失敗了，只有從頭再來，而不是一味的放棄，只有這樣，才能製出漂亮的陶器。」

母親欣慰地笑了，說：「你能領悟到這些，讓媽媽感到欣慰。其實，你何嘗不是媽媽手上的陶瓷，捧在手上怕摔了，捂在懷裏怕落了。媽媽看到高考失敗帶給你的痛苦，所以把你帶到陶吧來薰陶下，領悟下個中道理。這下好了，媽媽相信你會走出心裏陰影。」

非花非霧

作者簡介

非花非霧，本名丁麗，河南省作家協會會員、洛陽市作協理事。

二〇〇六年開始在貓撲原創文學頻道連載長篇小說〈那年遇到的男孩女孩〉、中篇小說〈心門〉、〈365日戀情〉、〈午夜來電〉等，發表小小說三百餘篇。有百餘篇小小說、散文被《小小說選刊》、《微型小說選刊》、《新課程報語文導刊》、《手機報·微型小說選報》、《意林》、《青年博覽》、《哲理》等選載。近百篇小小說入選多種小小說年選和精選本，已出版小小說作品集《梅花玉》、《指尖花開》、《花兒努力在開放》、《醉紅顏》、《煙花三月》，與散文集《綺夢如茵》、詩集《桃花心情》等。

操場邊，那樹合歡花

上高中時學校有一個大操場，操場北邊是一塊空地，空地上有一棵高大的合歡。合歡的樹冠如一柄大傘，葉子像極了含羞草。每到夏初，樹上開滿淡粉色的小傘樣的花，操場一角就像被暈染上了胭脂。粉紅的合歡花蠱惑著少女心中朦朧的愛，我的心中也浸染了一層胭脂色。

我的體育老師總在課外活動時間和同事們到操場打籃球，他跑動在球場上的身姿是那樣矯健。我站在樹下，雙眼一眨不眨地盯著他，心裏打鼓一樣地跳，雙頰燒成一朵合歡花。

最愛上的是體育課，那時候可以靠他很近，聽著他的口令是最大的享受。最喜愛的體育項目是跳馬，高大健壯的體育老師會在邊上保護我們，只要我們的動作稍有偏差，他就及時伸出有力的大手，穩穩地接住我們，給我們安全。為了多接近他，我故意做錯幾次，感受他手上的溫暖。

上早操時，望著在操場中間指揮的他；上文化課時，偷偷從窗子望向操場，看上體育課的他；我把抒發情愛的詩抄了一大本，為他。那句古詩我整整抄了一百遍：「山有木兮木有枝，心悅君兮君不知。」

我開始寫信，每天一封，寫給他。把自己生活中的點滴瑣碎在信裏向他傾訴，沒有勇氣發出的信把我的小木箱裝得滿滿的。

夜裏，我不止一次地夢到他，夢到他，就和他沿著一條開滿合歡花的小路並肩走著，向太陽漸漸落下去的地方一直走……

為了能夠和他並肩走在一起，我盼著自己快快長大，我拚命讀書充實自己。

一年又一年過去，我心中一直開著操場邊那一樹合歡花。

二十年後，我已為人妻為人母，是一大群學生的老師了。一次和老同學聚會，酒到半酣時，洗手回來的同學說體育老師就在隔壁。我們一起端著酒杯湧過去。

體育老師現在已是某個部門的主管。

坐在他身邊，第一次這麼近地打量他。依然那樣高大挺拔，只是二十年的歲月在他臉上刻下道道印跡。他已飲多了酒，臉上皮膚發鬆，眼裏有了紅血絲。當同學們起哄又一輪敬酒時，我看出他的力不從心。

想起當年對他刻骨銘心的暗戀，我心裏發酸，眼睛不禁濕了。藉著酒勁遮臉，我大聲向他訴說當年的心事。他驚異地望著我，一點也不相信地說：「不可能，不可能。我那時就記得你學習挺努力，無論如何也沒想到你有這種想法。」

有個同學起哄說：「當年您知道了，會怎麼樣？」

體育老師板起臉來：「知道了，除了訓她，就是批評她。」

我釋然於懷，青春歲月中綻放的一樹合歡花在眼前紛飛，墮落一地。

我舉起杯子，先乾三杯，然後敬我的體育老師。為了當年的「心悅君兮君不知」，為了現在的豁然開朗，天寬地闊。

我把自己灌醉了，我的體育老師也醉了，我扶著他走出酒店，招手叫來等在門口的計程車，目送他離去。然後我拿出手機，撥了老公的號碼……

這晚我又騰雲駕霧，飛到了中學時的操場，操場的合歡樹正是開花時節，朵朵粉色的小傘如輕霧如紅霞，開得讓人心尖打顫。在漫天飛花的小路上，不再有體育老師的身影了。

梅品

中原軍閥張帥的長子，是民國有名的儒將，風度瀟灑，詩詞書畫無一不通。其母劉老夫人收留一流亡女子，取名素素，居藏書樓整理書畫。

張將軍返故里休整，遇素素畫《梅花傲雪》，驚歎：「程派畫風畫技竟得兩位女傳人，二人造詣也在伯仲之間。」

素素吃驚回身，風姿如驚鴻照影。定下神來，大方見禮，向張將軍詢問那畫風畫技如已的人是誰。

張將軍笑道：「南京才女程雪如，以善畫程派梅花著名。雖落風塵，卻自比紅拂，性傲不俗。」

素素更加驚異，且面露憂憤。將軍探問其故，素素只是搖頭不語。

張將軍常訪藏書樓，與素素論詩品畫，情趣相投，感情日篤。偶爾談到已逝畫梅名家程長史，張將軍回憶說：「據傳長史之妻有皇族血統，其外祖是永字輩中極通字畫的皇子。生一女名雪如，姿貌不凡。更奇的是她的聰明。初讀書時點到即悟，年齡稍長便無師自通。天生寫得一手好字，畫得一手好畫。程長史畫梅時，雪如站在旁邊看，就學會了。寫畫出來竟和父親一毫不差。長史俗務繁忙時，便令雪如代筆，其構圖，立意常有好過父親之處。」

素素沉吟良久，試探道：「這個女子現在哪裏？」

張將軍說：「那個南京程雪如，自稱長史之女。看她繪畫行事，應該不假。」

素素垂下淚來：「將軍以誠相待，便不隱瞞了。真正的程雪如，就是眼前的素素。我身若轉篷，怕辱門楣而隱姓埋名。不料卻有風塵之人冒我清名，請將軍為我昭雪。」

素素拿出程長史印章、真跡與心法筆記，讓張將軍驗看。另有一枚翠玉金絲蟠龍印，上刻女真文字，確是清宮皇家信物。

張將軍扼腕歎息，思謀道：「南京程雪如，廣交志士，不畏權貴，不是庸脂俗粉，不可草率。」

將軍即攜素素赴南京，邀江南知名畫家數人，聚程雪如的悅梅樓論畫。

素素見雪如白衣素裙，端莊雅靜，如凌波仙子，北腔京韻聽之親切。敵意已沖淡幾分。觀雪如側壁懸一巨幅《梅花迎春》，正是世傳程派遺作。其實，程長史早抑鬱於心，病體難支了。他的後期作品，皆素素捉刀。這畫是素素懸紙於牆，登梯而作。她在畫裏加了皴擦變化，花瓣絲絲紋理盡現。梅花百朵，每朵都在另一張紙上反復推敲、修改。第五十一朵藏在粗枝暗處，色稍濃。當時畫完此花，一個閃失，暈染的「大白雲」脫手落在花上，無意中以一朵「點畫」之梅，蓋了「勾畫」之梅，竟成程派「梅中梅」絕技。

雪如觀素素對畫若有所思，便以此畫為題，細述細評，如親歷親見素素當日作畫一般。及說到長史為生計賣此畫時，珠淚盈眶，感同身受。素素歎世間有知音如斯，心下暗服。便展紙調色勾畫那朵雙影梅花，暗傳「梅中梅」絕技。

雪如震驚，握素素手，想邀到別室一敘。幾名畫家攔住，請雪如也畫一幅，實際是想讓二女一較高低。

雪如便摹仿程長史前期親作，卻得其神而超其韻。雪如心裏是欲以不似求敗。不料另闢蹊徑，一掃程派梅花的蕭瑟清冷，一片生機與活力勃勃欲出。

素素擊案讚歎，父親一生突破不了的清寒，被雪如一時衝開。眾畫家皆以程派畫風又攀新高稱賀。

素素雙目含淚，拿出父親印章、真跡等物，鄭重交給雪如。向眾人宣稱受人之托，轉交程氏後人。

雪如見物，如獲至寶，望定素素。

二女四目相對，頃刻已交流了千言萬語無法表達的重托與承諾。

張將軍拉素素至側門，急切地問：「你不怕百年後，名載風塵嗎？」

素素慷慨陳詞：「英雄不問來路，位卑不掩品高。此女奇才，曠世難逢。我父若在，求她為徒也未必可得。她竟自行研摹、承繼至此。我當代父謝她，代己謝她。一己虛名何足惜？」

將軍仰天而笑，大贊：「此生有幸遇到兩位有梅之高品位的女子。」

這段奇聞在畫界流傳，人人贊程雪如為梅中極品。素素逸世通達，竟是梅仙了。

素素隨張將軍轉戰南北，不再畫梅，只描草木蟲魚小品。曾多次拍賣畫作，賑災民、興義學。日寇進犯中原，素素傾張將軍遺贈家資，捐作軍費，布衣而終。

釀小說31　PG0981

宿命
──大陸微型小說女作家精品選

編　　者	凌鼎年
責任編輯	林泰宏
圖文排版	陳姿廷
封面設計	陳佩蓉

出版策劃	釀出版
製作發行	秀威資訊科技股份有限公司 114 台北市內湖區瑞光路76巷65號1樓 電話：+886-2-2796-3638　傳真：+886-2-2796-1377 服務信箱：service@showwe.com.tw http://www.showwe.com.tw
郵政劃撥	19563868　戶名：秀威資訊科技股份有限公司
展售門市	國家書店【松江門市】 104 台北市中山區松江路209號1樓 電話：+886-2-2518-0207　傳真：+886-2-2518-0778
網路訂購	秀威網路書店：http://www.bodbooks.com.tw 國家網路書店：http://www.govbooks.com.tw
法律顧問	毛國樑　律師
總 經 銷	聯合發行股份有限公司 231新北市新店區寶橋路235巷6弄6號4F 電話：+886-2-2917-8022　傳真：+886-2-2915-6275

出版日期	2013年6月　BOD一版
定　　價	280元

Printed in Taiwan

國家圖書館出版品預行編目

宿命：大陸微型小說女作家精品選 / 凌鼎年編. -- 一版. -- 臺北市：釀出版, 2013.06
面； 公分. -- (釀小說；PG0981)
BOD版
ISBN 978-986-5871-52-9 (平裝)

857.61 102007715

讀者回函卡

感謝您購買本書，為提升服務品質，請填妥以下資料，將讀者回函卡直接寄回或傳真本公司，收到您的寶貴意見後，我們會收藏記錄及檢討，謝謝！

如您需要了解本公司最新出版書目、購書優惠或企劃活動，歡迎您上網查詢或下載相關資料：http:// www.showwe.com.tw

您購買的書名：________________________________

出生日期：_______年_______月_______日

學歷：□高中（含）以下　□大專　□研究所（含）以上

職業：□製造業　□金融業　□資訊業　□軍警　□傳播業　□自由業

□服務業　□公務員　□教職　□學生　□家管　□其它_____

購書地點：□網路書店　□實體書店　□書展　□郵購　□贈閱　□其他

您從何得知本書的消息？

□網路書店　□實體書店　□網路搜尋　□電子報　□書訊　□雜誌

□傳播媒體　□親友推薦　□網站推薦　□部落格　□其他_________

您對本書的評價：（請填代號　1.非常滿意　2.滿意　3.尚可　4.再改進）

封面設計____　版面編排____　內容____　文／譯筆____　價格____

讀完書後您覺得：

□很有收穫　□有收穫　□收穫不多　□沒收穫

對我們的建議：________________________________

____

____

____

請貼
郵票

11466
台北市内湖區瑞光路 76 巷 65 號 1 樓
秀威資訊科技股份有限公司 收
BOD 數位出版事業部

（請沿線對折寄回，謝謝！）

姓　　名：＿＿＿＿＿＿＿＿　年齡：＿＿＿＿　性別：□女　□男

郵遞區號：□□□□□

地　　址：＿＿＿＿＿＿＿＿＿＿＿＿＿＿＿＿＿＿＿＿

聯絡電話：(日)＿＿＿＿＿＿＿＿＿＿ (夜)＿＿＿＿＿＿＿＿＿＿

E-mail：＿＿＿＿＿＿＿＿＿＿＿＿＿＿＿＿＿＿＿＿